O desvio

Gerbrand Bakker
O desvio

Traduzido do holandês por Mariângela Guimarães

Copyright © Gerbrand Bakker and Uitgeverij Cossee 2010

A editora expressa sua gratidão pelo apoio da Fundação Holandesa de Literatura.

Nederlands
letterenfonds
dutch foundation
for literature

TÍTULO ORIGINAL
De omweg

TRADUÇÃO
Mariângela Guimarães

ILUSTRAÇÃO DE CAPA
Giovanni Esposito

PROJETO GRÁFICO
Rádio Londres

REVISÃO
Shirley Lima
Elisa Menezes

Dados Internacionais de Catalogação na Publicação (CIP)
(Câmara Brasileira do Livro, SP, Brasil)

Bakker, Gerbrand
O desvio / Gerbrand Bakker ; traduzido do holandês por Mariângela Guimarães. – Rio de Janeiro: Rádio Londres, 2019.

Título original: De omweg.
ISBN 978-85-67861-08-1

1. Ficção holandesa I. Título.

19-28664   CDD-839.313

Índices para catálogo sistemático:
1. Romances : Literatura norte-americana 839.313

Todos os direitos desta edição reservados à
Editora Rádio Londres Ltda.
Rua Senador Dantas, 20 — Salas 1601/1602
20031-203 — Rio de Janeiro — RJ
www.radiolondres.com.br

Faça ampla essa cama.
Faça-a com reverência;
E nela espere pelo juízo final
Glorioso e puro.

Seja liso o seu colchão,
Seja roliço o travesseiro;
Que o ruído dourado do alvorecer
Jamais perturbe esse leito.

Novembro

1

Viu os texugos bem cedo certa manhã. Estavam perto do círculo de pedras que ela havia descoberto alguns dias antes e que queria ver uma vez à luz do amanhecer. Sempre tinha pensado neles como animais pacíficos, um pouco lentos e mansos, mas, estavam gritando e se atacando. Quando a notaram, foram embora sem pressa, por entre os arbustos cheios de flores. Havia um cheiro de coco no ar. Voltou pela trilha que só podia se encontrar olhando bem mais à frente, uma trilha cuja existência ela deduzira de um quebra-corpo enferrujado, degraus apodrecidos de um passador e um ou outro poste de sinalização com um desenho que parecia representar um homenzinho caminhando. A relva não estava pisada.

Novembro. Sem vento e úmido. Ficou contente com os texugos, satisfeita em saber que estavam no círculo de pedras, mesmo quando ela não estava lá. Pelo caminho de relva, havia árvores antiquíssimas, cobertas com musgo áspero, cinza-claro, de galhos frágeis. Frágeis, porém resistentes, ainda com folhagem. As árvores estavam impressionantemente verdes para aquela época do ano. O tempo com frequência era cinzento. O mar ficava próximo . Quando olhava por uma das janelas do andar de cima durante o dia, podia vê-lo. Em outros dias, contudo, era impossível avistá-lo. Apenas árvores, principalmente carvalhos, às vezes vacas amarronzadas, olhando para ela, curiosas e indiferentes ao mesmo tempo.

À noite ela ouvia água; corria um riacho próximo à casa. Vez ou outra, acordava assustada. O vento havia mudado de direção ou intensidade, e o barulho da água desaparecia. Estava ali havia umas três semanas. Tempo bastante para acordar em virtude da ausência de um som.

2

Dos dez gansos brancos e gordos que ficavam no campo ao lado estrada, apenas sete haviam restado após pouco menos de um mês. Tudo que ela encontrou dos outros três, duas semanas depois, foram penas e uma pata alaranjada. Os que sobraram continuavam a comer capim, tranquilamente. Ela não conseguia imaginar outro predador que não fosse uma raposa, mas não a surpreenderia se tivesse ouvido acerca da existência de lobos ou ursos na região. Tinha a sensação de que os gansos haviam sido devorados por sua culpa, que a sobrevivência deles dependia dela.

"Estrada" era um termo sofisticado demais para aquele caminho sinuoso de terra de um quilômetro e meio, pavimentado aqui e ali com pedaços de tijolos ou telhas quebradas. O terreno ao longo da estradinha — prados, pântano, bosques — pertencia a casa e ela ainda não conseguira entender precisamente a extensão daquilo tudo, principalmente por causa das colinas. O campo dos gansos, pelo menos, era bem cercado com arame farpado, isso, sim. Mas não salvara os bichos. Em algum momento, alguém cavou três laguinhos para eles, cada um em um patamar pouco abaixo em relação ao anterior, todos alimentados pela mesma fonte invisível. Em algum momento, também houve um barraco de madeira junto aos laguinhos, agora não muito mais que um teto emborcado com um banquinho afundado na frente.

A casa tinha a parte posterior voltada para a estradinha, com a frente virada para o círculo de pedras (escondido) e, um bom tanto mais adiante, o mar. O terreno tinha um leve declive e todas as janelas principais tinham vista para ele. Na parte de trás, havia apenas duas janelinhas, uma no quarto principal e uma no banheiro. O riacho passava nas extremidades da lateral da casa, onde ficava a cozinha. Na sala de estar, onde a luz ficava acesa praticamente o dia inteiro, havia uma grande lareira. A escada consistia de uma construção aberta, encostada em um dos muros laterais, em frente à porta de entrada, que tinha uma vidraça grossa na metade superior. No andar de cima, dois quartos e um banheiro enorme, com uma antiga banheira de patas de leão. O velho estábulo de porcos — no qual jamais seria possível abrigar mais de três porcos grandes ao mesmo tempo — agora era uma barracão que continha um bom estoque de madeira e todo tipo de tranqueira. Sob o estábulo, havia um porão espaçoso, cuja função era bem clara pra ela. Era arrumadinho e bem-acabado, as paredes alisadas com um tipo de argila, uma janela pequena, alongada, junto à escada de concreto, proporcionando um pouco de luz. O porão podia ser fechado com um alçapão que, pelo visto, não era baixado havia muito tempo. Aos poucos, ela estava aumentando seu raio de ação. O círculo de pedras não ficava a mais de dois quilômetros.

3

A região ao redor da propriedade. Tinha dirigido até Bangor para fazer compras, mas, depois disso, preferia ir para

Caernarfon, que ficava mais perto. Bangor era uma cidade pequena e, mesmo assim, ela a achava movimentada demais. Havia uma universidade ali, o que significava a existência de estudantes. Ela não tinha desejo algum de ver estudantes, especialmente calouros. Bangor estava fora de questão. Na pequena Caernarfon, muitas lojas estavam fechadas, com a inscrição À VENDA pintada em tinta branca nas vitrines. Notou que os lojistas se visitavam e, juntos, mantinham o ânimo, bebendo café e fumando. O castelo estava tão desolado quanto uma piscina ao ar livre pode estar no mês de janeiro. O supermercado Tesco era grande e espaçoso, e ficava aberto até às nove horas da noite. Ainda não conseguira se acostumar às estradinhas estreitas, fundas. Freava antes de cada curva, entrava em pânico, não sabendo se devia pegar a esquerda ou a direita.

Dormia no quarto menor, sobre um colchão no chão. Havia uma lareira, como no quarto maior, mas, até aquele momento, ela não tinha usado. Na verdade, devia fazer isso, nem que fosse só para ver se a chaminé sugava a fumaça. Estava muito menos úmido do que imaginara. O lugar preferido dela no andar de cima era o corredor, com sua balaustrada de madeira em formato de L junto à abertura da escada, tábuas desgastadas no chão e um banco largo junto à janela. Nesse banco, ela se sentava de vez em quando, à noite, e ficava olhando para a escuridão, por entre os ramos de uma velha trepadeira. Então, via que não estava completamente só, havia luzes acesas a distância. Daquele lado, ficava Anglesey, e de Anglesey saía um barco para a Irlanda. O barco zarpava em horários fixos, e em outros horários fixos atracava. Certa vez, ela vira o mar brilhando sob a luz do luar, a água lisa e pálida. Às vezes escutava grasnados no pasto dos gansos, abafados pelas paredes de meio metro. Não podia fazer nada a esse respeito, não podia conter uma raposa no meio da noite.

4

Um dia, o tio dela entrou no lago, o lago do grande jardim do hotel em que ele trabalhava. A água não passava do seu quadril. Colegas o tiraram de lá, deram-lhe roupas secas e o puseram sentado numa cadeira no calor da cozinha (era meados de novembro). Não havia meias limpas disponíveis, e seus sapatos foram colocados sobre um forno. Só isso. Ou pelo menos era tudo o que ela sabia. Ninguém forneceu mais detalhes. Apenas que ele entrara no lago e ficara lá por algum tempo, molhado até quase o cinto do uniforme do hotel. Talvez estivesse surpreso. Deve ter imaginado que a água era mais profunda.

O fato de ela estar ali tinha a ver, em parte, com aquele tio. Ao menos, ela havia começado a ter essa suspeita. Quase não passava um dia em que não pensasse nele parado naquela água lisa do lago. Tão alheio que mal percebia que a água na altura do quadril não seria suficiente para se afogar. Incapaz de simplesmente se deixar cair. Todos os bolsos da roupa que vestia cheios dos objetos mais pesados que ele havia conseguido encontrar na cozinha do hotel.

Passara muito tempo sem pensar nele. Talvez estivesse pensando nele agora, nesse país estrangeiro, porque ali também era novembro, ou porque percebia como as pessoas ficam vulneráveis quando não têm a menor ideia de como seguir, de como avançar ou recuar. Não têm ideia de como o lago raso de um hotel pode ser vivenciado como uma suspensão, uma paralisia — sem começo e sem fim, um círculo —, como presente, passado e um futuro infinito. E ela também achava que compreendia o fato de ele ter ficado ali parado, sem tentar pôr a cabeça sob a água. Paralisado. Sem nenhuma forma de corporeidade, nada de sexo, erotismo, nenhum senso de expectativa. No período de algumas semanas em que tinha ficado na casa, — à exceção de quando estava na banheira de patas de leão —, não tinha sentido nem uma vez sequer a tentação de pôr as mãos entre as pernas. Ela vivia naquela casa como ele ficara de pé no lago.

5

Havia arrumado o quarto maior como um escritório. Ou, mais exatamente, havia arrastado a mesa de carvalho cheia de furinhos de cupim — objeto que estava ali quando chegou — para a frente da janela, colocando uma luminária em cima. Ao lado da luminária, ela arrumou um cinzeiro e, ao lado do cinzeiro, o livro *Poesias completas de Emily Dickinson*. Antes de sentar-se à mesa, costumava abrir um pouquinho a vidraça. Quando fumava, soprava a fumaça do cigarro em direção à abertura. Nesse quarto, as folhas da trepadeira a deixavam irritada, então um dia pegou uma escada bamba de madeira no estábulo e podou com uma faca os galhos, em frente à janela. Aquilo lhe permitiu ter uma vista livre para os carvalhos e as campinas e — raramente — para o mar, e podia pensar, desimpedida, no que aquilo ainda significava para ela, a palavra "estudo". Atrás dela, havia um divã, que ela transformara em seu ao cobri-lo com um pano verde-musgo. Colocara alguns livros empilhados numa mesinha lateral baixa, ao lado do divã, mas não leu uma só palavra. Havia posto o retrato de Dickinson exatamente no meio da cornija da lareira, numa moldura barata. Era um retrato controverso — uma cópia do daguerreótipo que era oferecido no eBay.

Às vezes, as vacas amarronzadas ficavam junto à mureta de pedras que dividia o terreno de sua propriedade. Pareciam saber exatamente de qual janela ela as observava. *Minha propriedade*. Poderia fazer algo com isso, pensou, fumando um cigarro após o outro. Perguntava-se a que fazendeiro pertenciam as vacas, e onde precisamente ficava sua fazenda. Essas colinas, cheias de córregos, riachos e árvores frutíferas, eram realmente muito complicadas e confusas para ela. De vez em quando, colocava uma mão sobre o livro de Dickinson e acariciava as rosas da capa. Comprou uma tesoura de poda e um serrote numa loja de ferragens em Caernarfon.

6

Aceitou a casa como estava. Havia alguns móveis, uma geladeira e um freezer. Comprou alguns tapetes (todos os quartos tinham o mesmo assoalho de tábuas largas) e almofadas. Utensílios de cozinha, panelas, pratos, chaleira. Velas. Duas luminárias de chão. Deixava o aquecedor na sala de estar aceso o dia todo. A cozinha era aquecida por um típico fogão a óleo inglês. O óleo ficava num tanque disposto entre a parede lateral e o riachinho, escondido por bambus. Aquela coisa enorme também aquecia a água. No dia em que chegou àquela casa, encontrou, sobre a mesa da cozinha, um manual de instruções escrito à mão com uma pedra achatada em cima. "Boa sorte!", desejou-lhe quem escreveu. Por um instante, pensou em quem poderia ter escrito, mas logo isso já não lhe importava mais. Seguiu exatamente as instruções, passo a passo, que estavam no papel, e não ficou muito surpresa quando a coisa começou a funcionar. Naquela noite, ela já pôde encher a grande banheira com água quente.

Só os gansos eram estranhos. Estariam incluídos no aluguel? E certa manhã, de repente, um grande rebanho de ovelhas negras apareceu pastando no terreno junto à entrada, todas com uma faixa branca na face e longas caudas de ponta branca. Em suas terras. De quem os animais seriam?

7

Descobriu que a trilha que levava ao círculo de pedras — e dali continuava, embora ela nunca tivesse passado dali— juntava-se à estradinha da casa dela, na extremidade em que fazia uma curva abrupta. Um quebra-corpo em meio a carvalhos troncudos tinha sido completamente coberto por hera. Aparentemente, ninguém passava por ali havia anos. Do outro lado da cerca, estava um campo de capim alto, castanho. Ali, em algum lugar, devia existir uma casa e, um pouco mais adiante na estradinha, havia um galinheiro, onde uma luz fraca ficava acesa dia e noite. Cortou toda a hera com sua nova tesoura de poda e serrou as hastes grossas na altura do chão. O quebra-corpo ainda funcionava. No velho estábulo, ela encontrou um tubinho antiquado de óleo desengripante e, depois de podar e serrar, lubrificou as dobradiças. Só então se deu conta de que a trilha cruzava a entrada de sua propriedade, antes de passar por um segundo quebra-corpo na mureta de pedras e atravessar os campos até a pequena ponte de madeira sobre o riacho. Uma trilha pública, pelo visto, e ela tinha uma vaga noção de que aquilo era algo sobre o que os proprietários ingleses nada podiam fazer. Após a lubrificação, seguiu a trilha com o tubinho de desengripante ainda na mão e virou à direita. Uns duzentos metros depois, encontrou o poste de sinalização com o homenzinho caminhando, suas pernas cobertas por líquen.

Ela não teve coragem de subir os degraus do passador, temendo entrar no terreno da casa que jamais tinha visto. Nunca virara à direita antes, Caernarfon ficava à esquerda. Continuou caminhando mais um pouco, com a trilha funda subindo ligeiramente. Depois de uns dez minutos, chegou a uma bifurcação, onde viu, pela primeira vez, a montanha e se deu conta de quão vasta era a paisagem que havia atrás de sua propriedade, e de quão pequeno tinha mantido seu raio de ação até então. De repente, percebeu o tubinho de óleo em sua mão. Esfregou uma bolha na parte interna do polegar e virou-se rapidamente. Os gansos faziam muito barulho, assim como das outras vezes que passara por eles. No dia seguinte, comprou numa loja esportiva em Caernarfon um mapa da *Ordnance Survey* em escala de um para vinte e cinco mil.

8

Numa noite fria, ela decidiu experimentar a pequena lareira em seu quarto. Teve de abrir a janela. Não para deixar sair a fumaça, mas o calor. Mesmo com a janela aberta, o quarto ficou tão quente que teve de se deitar nua sobre o edredom. E, em vez de pensar em seu tio, viu o estudante, o calouro. Abriu ligeiramente as pernas e imaginou que suas mãos fossem as mãos dele. Algum tempo depois, acendeu a luz, não a luminária grande, mas a luminária de leitura que estava no chão, ao lado do colchão. Seus seios pareciam monstruosamente grandes na parede branca, suas mãos ainda maiores. Era como se a madeira queimando sugasse todo o oxigênio do quarto e ela não pudesse fazer nada além de arfar. Embora não houvesse vizinhos, ela olhava constantemente na direção da vidraça escura, sem cortina, e se via ali deitada. Uma mulher excitada, sozinha, fantasiando sobre coisas que já haviam acontecido muito tempo atrás, coisas que, na verdade, mereciam ser esquecidas. Aquele corpo perfeito, macio e magro, a bunda firme, as cavidades por trás das clavículas, ossos pélvicos salientes. O egoísmo, a energia e a insensatez. A vidraça descoberta, através da qual quem quisesse podia olhar, bastando o esforço de afastar para o lado alguns ramos da trepadeira. Em seguida, ela fumou um cigarro no escritório, ainda nua. Viu-se sentada ali, tremendo de frio. Assoprou fumaça em seu próprio rosto e pensou nele do jeito que estivera mais tarde sentado diante dela, entre os outros estudantes, um de muitos, com a expressão de uma criança contrariada. Uma criança maldosa e egoísta, e tão implacável quanto as crianças podem ser.

9

No dia seguinte, o sol brilhava. O clima ali era muito diferente do que ela havia imaginado; podia ser muito ameno e até relativamente quente, mesmo agora, no fim do ano. Por volta do meio-dia, ela foi até o círculo de pedras. Os texugos não estavam lá, o que ela não estranhou, pois tinha quase certeza de que eram animais noturnos. No mapa detalhado que havia comprado, via-se realmente uma linha pontilhada verde passando pela estradinha e por seu terreno. Até o nome de sua propriedade constava ali. A casa do galinheiro aparentava ficar a menos de um quilômetro de distância. Num grande raio em seu entorno, havia várias fazendas. O círculo de pedras era sinalizado com um tipo de flor, ao lado da qual estava escrito *stone circle* com uma fonte antiquada. Descobriu que a montanha era o Monte Snowdon. No círculo de pedras se sentiu observada por alguém, enquanto, da vez anterior, quase achou que o houvesse descoberto. Tirou a roupa e foi se deitar como um réptil sobre a pedra maior. A rocha aquecia suas costas. Ela adormeceu.

Já fazia algumas noites que o som do riacho não a acalmava mais: ruídos — tábuas rangendo, o movimento que ela esperava ser de pequenos animais e um canto de lamento, quase insuportável, que vinha do bosque — mantinham-na acordada, e quando estava acordada, começava a pensar. Agitou-se novamente, ficou irritada, inconformada. Suspirava, debatendo-se, inquieta, imaginando o que estava acontecendo em seu corpo. Também tentava localizar a leve dor que a incomodava. Incômoda, não torturante — como havia esperado —, como dezenas de bicadinhas que, lenta mas eficientemente, a consumiam. Talvez ela estivesse simplesmente reagindo bem ao paracetamol que havia tomado. Também ficou ansiosa. Na véspera à noite, enquanto ela se olhava, fumando, seu rosto tinha se transformara no rosto de um estranho, um voyeur mais que um reflexo. Era novembro e, em dezembro, os dias seriam ainda mais curtos. *Cortinas*, tinha escrito na folha de papel que estava à sua frente na mesa. Foi a primeira palavra que escreveu. Voltou para o quarto de dormir, fechou a janela e ainda ficou olhando por um tempo para a vidraça descoberta, com o coração batendo, como se tivesse subido e descido a escada algumas vezes.

Quando despertou, a princípio não entendeu o que estava acontecendo lá embaixo, aos seus pés. Pensou no vento e nos arbustos. O que estava tocando suas solas, qualquer coisa que fosse, não era cortante. Levantou a cabeça da pedra bem devagar. Primeiro viu uma faixa branca, uma faixa com uma superfície preta de ambos os lados. Pensou, imediatamente, na cabeça das ovelhas negras. Olhinhos escuros espiavam para o alto por entre seus pés. O texugo olhava direto para seu baixo-ventre. Os músculos em seu pescoço começaram a tremer, fios de cabelo faziam cócegas em sua testa. O bicho olhava para ela, e ela se perguntava se ele realmente a via, se um texugo compreende que olhos são olhos. Como ela, ele também não se mexia, ainda que isso não pudesse durar muito mais tempo, pois suas vértebras cervicais estavam pressionando dolorosamente a pedra. Então o animal rastejou lentamente pela rocha, entre suas panturrilhas e seus joelhos. Ele levantou, virou a cabeça e começou a farejar, com o focinho inclinado, olhando direto para a frente. Ela se levantou rapidamente e pôs as duas mãos nas coxas. O texugo se assustou tanto que deu um salto, dando um meio giro, para longe dela. Caiu em sua perna esquerda e, como o pé atrapalhava sua fuga, mordeu-o no dorso. Ela ainda teve tempo de pegar um galho no chão e bater nele. Bateu com tanta força que o galho partiu nas costas do animal com um som seco que, apesar do susto, fez com que temesse ter quebrado sua espinha. Ele se contorceu e rosnou, e desapareceu, claudicante, sob um arbusto. Alguns pássaros voaram. Depois ficou tudo bem silencioso. Escorria sangue de seu pé pingando na pedra. Não doía muito e, pensou: deixa sangrar. Deitou novamente de costas. A rocha já não emitia nenhum calor. Deixou uma mão descansando sobre o ventre. O corpo dela parecia ter voltado para ela. Estranho que não tivesse entendido isso na véspera à noite. E estranho também que ela tivesse pensado num animal que a atacara como "ele".

Uma vez que não tinha atadura, cortou uma camiseta velha, encheu a banheira e deixou o pé de molho até que a pele começou a enrugar. Depois enrolou uma tira de pano nele. Mais tarde, tirou da pilha de livros que estava na mesinha ao lado do divã O vento nos salgueiros e redescobriu como os texugos podem ser solitários e intratáveis, um animal que "simplesmente odeia a sociedade". À noite o pé começou a latejar.

10

Tinha esquecido o celular na cabine, semanas antes, quando o barco chegou a Hull pela manhã, exatamente na hora prevista. A única coisa em que pôde pensar agora foi em ir até o escritório de informações turísticas em Caernarfon e perguntar ali por um médico. Foi complicado dirigir. Seu pé estava inchado e ela não podia calçar sapato. Vestir uma calça comprida revelou-se impossível, razão pela qual estava usando uma saia. O pedal da embreagem parecia duro como uma pedra quando ela o soltava. Duro e áspero. Um véu de chuva fina passava por seu para-brisa. Pensou na lareira da sala, perguntou-se se não deveria tê-la apagado. E temia que já não houvesse mais nenhum clínico geral em Caernarfon e que, em sua janela, também houvesse uma placa com a inscrição À VENDA. Então, algumas atendentes prestativas da agência de turismo a aconselhariam que fosse para Bangor.

"Férias?", perguntou o médico.
"Não, moro aqui", respondeu ela.
"Alemã?"
"Holandesa."

"Qual é o problema?" O médico era um homem magro de cabelos amarelados. Estava sentado ali, fumando com toda a calma, em seu consultório.

"Posso fumar também?", perguntou ela.

"Claro. Todos nós temos que morrer de alguma coisa."

Enquanto ela acendia um cigarro, pensou na inadequação dos pronomes pessoais em inglês. O *you* desse homem lhe soava informal, enquanto o *you* da mulher atrás do balcão de informações turísticas, pela maneira como se dirigia a ela, soava mais formal, um pouco como o "*u*" holandês. Era preciso interpretar o tom das pessoas que se dirigiam a você. Inalou fundo para deletar a lembrança do estudante, que agora estava voltando.

"É o seu pé?"

"Sim. Como você sabe?"

"Vi quando você entrou. Dava para ver que tinha alguma dificuldade. E a maioria das pessoas que passam por esta porta está usando dois sapatos."

"Fui mordida por um texugo."

"Impossível." O médico apagou seu cigarro.

"Mas foi isso mesmo que aconteceu."

"Isso é mentira."

Ela olhou para o homem. Ele falava sério.

"Texugos são animais mansos." Ele usou a palavra *meek*.

"O senhor é católico?", perguntou ela.

Ele apontou para um crucifixo na parede, ao lado de um pôster que pendia torto com advertências sobre a infecção por HIV: uma imagem vaga, que ela não soube identificar, e as palavras *Exit only*. "E, sim, algum dia só haverá texugos andando por aqui, as pessoas já começaram a ir embora desta cidade. Texugos e raposas. Ou simplesmente elas morrem, isso também é uma opção, obviamente. Pode me explicar como é possível ter sido mordida por um animal tão retraído?"

Escassez de pronomes pessoais e excesso de verbos, pensou ela. "Eu estava dormindo."

"O animal entrou na sua casa? Você mora aqui na cidade?"

"Moro um pouco mais adiante. Estava ao ar livre, deitada sobre uma pedra grande."

"O texugo mordeu através do seu sapato?"

"Você está com tempo para esse tipo de conversa? Prefiro que olhe o meu pé."

"Está tranquilo hoje de manhã. Você soa um pouco rouca. Problemas com a garganta?"

Rouca? Soava rouca? "Talvez eu esteja com febre."

"Também está cansada?"

"Exausta. Mas isso..."

"Não estava usando sapatos?"

"Sim. Quero dizer, tinha tirado os sapatos."

O médico olhou para ela, não insistiu mais naquele ponto. "Deixa eu dar uma olhada." Fez um gesto apontando para uma maca de atendimento.

Ela foi até lá mancando e, como a maca era bastante alta, sentou-se com dificuldade. Tirou a meia grossa do pé machucado.

"Ai", disse o médico.

"É", disse ela. "Está doendo muito."

Ele pegou seu pé esquerdo e apertou com cuidado. Em seguida, deslizou uma mão por sua perna. "Aqui também há arranhões", observou ele.

Ela tentou reagir às manchas vermelhas que sentia surgir em seu pescoço, mas sabia que isso era totalmente em vão. "Sim", respondeu simplesmente.

"O texugo?"

"Sim."

Ele roçou seu joelho. "Não estava só sem sapatos."

"O sol ainda é forte mesmo em novembro", justificou-se.

"Temos um clima fantástico aqui."
Ela soltou um suspiro.
"Algum outro problema?"
Antes de responder, examinou o consultório mais uma vez. Então disse: "Não."
"Tem certeza?"
"Por que está perguntando?"
"As pessoas não vêm aqui por uma farpa no olho. Aproveitam isso para falar discretamente sobre outras dores."
Ela ficou olhando fixamente para o crucifixo. Assim como o pôster, estava um pouco torto. Finalmente o médico tirou a mão de seu joelho.
"Se tiver certeza de que foi um texugo, eu teria que dar uma injeção antitetânica."
"Foi um texugo."
"Não farei nada na ferida. Limpe duas ou três vezes por dia com água quente e duas pequenas colheres de bicarbonato de sódio. É um remédio antigo. E vou receitar um antibiótico." *O bom e velho bicarbonato de sódio.*
A injeção doeu demais. Imediatamente após jogar fora a agulha e a seringa, ele acendeu mais um cigarro. Preparou a receita com o cigarro no canto da boca e um olho lacrimejando. "Sabe onde fica a farmácia?"
"Não", respondeu ela.
"Seis casas adiante." Ele olhou para o relógio. "Está aberta agora."
Ela se levantou e pegou a receita. "Obrigada."
"Se daqui a uns quatro dias a ferida não estiver melhor, volte."
"Está bem."
"E cuidado com os texugos."
"Sim."
"Texugos e raposas. Raposas também podem morder feio."

"Elas estão ocupadas demais com os meus gansos", comentou ela.

O médico começou a tossir.

Meus gansos, pensou no caminho para a farmácia. Agora já são meus gansos. Era difícil andar mancando: poderia pendurar a meia em frente à lareira, e, se furasse, uma vez em casa, podia jogar fora. Um casal jovem vinha em sua direção, rindo e falando alto, um com os braços em volta da cintura do outro. Quando passaram por ela, a menina a olhou como só as meninas que se acham donas do mundo sabem olhar, perdidas na felicidade do momento, insistindo que os outros façam parte da felicidade delas. Era quase ofensivo: uma felicidade tão autêntica que poderia desabar a qualquer instante. Participe da minha alegria! Esse era o sinal que a garota irradiava. Olhou indiferente para a jovem e ignorou o rapaz. Era bastante insuportável que houvesse meninas por aí com metade da sua idade. Poucos segundos depois, mais que contrariada, empurrou a porta da farmácia. Não havia fila no balcão.

Além do antibiótico prescrito, também comprou ataduras, cinco caixinhas de paracetamol, creme para as mãos, um tubo de pasta de dentes e pastilhas para tosse. "Férias?", indagou a balconista.

"Não", respondeu ela.

"Alemã?"

"Não."

"Pé machucado?"

"Sim."

Então, a balconista continuou a venda sem dizer mais nada.

Continuava chovendo. Dirigiu para casa muito lentamente.

11

Naquela noite, mal conseguiu mexer o braço, e o pé ainda latejava. Cozinhou batatas e depois as fritou com um pouco de cebola e cinco dentes de alho. Duas taças de vinho durante o jantar. Queria ter bebido mais, mas se lembrou de certa vez haver escutado que bebida e antibiótico não combinam. O médico não havia dito nada. Não é de surpreender, estava ocupado demais se matando de tanto fumar em seu consultório com um crucifixo na parede. Depois do jantar, subiu a escada como uma velha, arrastando uma perna e se escorando no corrimão. Deitou-se no divã do escritório, onde ainda entrava alguma luz pelas duas janelas. Flores, pensou. Este cômodo precisa de flores. Um telefone também seria bom. Tinha sido mordida no pé por um texugo. Também poderia ter quebrado as duas pernas. O médico não havia falado nada sobre ficar com o braço rígido. Um rádio. Fazia tanto silêncio que conseguia escutar isoladamente os pingos de chuva na vidraça e, entre um e outro, o bambu raspando contra o tanque de óleo e a lateral da casa.

Fumou um cigarro.
Estava deitada. A *vaca sem coração*.
Era dia 18 de novembro.

12

O marido havia passado por todos os quadros de aviso do departamento de Literatura Inglesa. Em um ponto cego da parede entre as salas de dois professores, ainda tinha encontrado uma folha, meio escondida atrás de uma lista com resultados de exames. Era exatamente o mesmo papel que ele tinha em mãos. *Nossa "respeitável" professora de Estudos de Tradução trepa com os alunos. Não é nem um pouco como sua amada Emily Dickinson: é uma vaca sem coração.* Ele se deu conta de que esse mesmo texto havia sido afixado em muitos quadros de aviso. Foi até a sala dela. Os corredores longos e estreitos do prédio da universidade estavam bem tranquilos. Na porta, havia, abaixo do nome da sua esposa e de um colega do qual ele ouvira falar, uma nova plaquinha de plástico com o nome de um homem e a informação: professor de Estudos de Tradução. Ele hesitou, não podendo imaginar que todas as coisas dela já haviam sido retiradas. Computador, livros, anotações, essas coisas ainda estavam ali ou não? Até onde ele sabia, ela já não era mais contratada como professora. Possivelmente tinha autorização para continuar trabalhando em sua dissertação na sala dos professores. Entrou. Não havia ninguém. Alguns minutos mais tarde, ele voltou ao corredor e começou a gritar. Dois homens apagaram o fogo com uma mangueira, conseguindo limitá-lo a essa única sala. Os bombeiros, que chegaram dez minutos mais tarde, tiveram pouco o que fazer. O marido ficou esperando pacientemente até a polícia chegar.

O papel com o texto estava sobre a mesa da sala de inquérito da delegacia mais próxima. Ele já havia reconhecido ser o autor do incêndio e, no meio da audiência, tinha tirado o papel de seu bolso de trás. "Vou quebrar o pescoço dele", disse.

"Não pode", retrucou o policial que tomava o depoimento.

"Então eu vou cortar o pau dele."

"Isso, o senhor não pode fazer mesmo." O policial perguntou sobre o paradeiro de sua mulher.

"Não sei. Naquele momento, ela foi embora, só isso. Com o carro dela. E o pequeno reboque também não está mais na garagem."

Perguntou-lhe se, então, estava sem meio de transporte.

"Não, nós tínhamos dois carros."

Ele havia tentado fazer contato com ela?

"O que você acha? Claro! O número de seu celular só dá ocupado."

Sumiu alguma coisa da casa?

"Todas as roupas dela e uma mesinha de apoio, uma coisa horrorosa na verdade, fico contente que aquela coisa medonha já não esteja mais lá. Um colchão, cobertores. Luminárias! E todo o tipo de miudezas, livros, bastante roupa de cama, um retrato de Emily Dickinson..."

"Quem?"

"É uma poetisa americana. Estava escrevendo sobre ela, trabalhava numa tese de doutorado. Um pouco tarde, na minha opinião, mas aparentemente ela ainda queria provar algo a si mesma. Puta merda!"

Eles tinham filhos?

Esse foi o único momento em que o marido baixou os olhos.

Como era a sua relação?

"O que você tem a ver com isso? Por que eu estou aqui?"

O agente lhe lembrou que era acusado de incêndio criminoso no prédio da universidade.

"E daí? Faça o seu trabalho e não se meta na minha vida pessoal."

Por fim, o oficial perguntou se ele queria registrar a esposa ausente como desaparecida.

O marido ergueu os olhos. "Não", disse depois de uma longa pausa para pensar. "Não, melhor não fazermos isso."

Ele queria café?

O marido olhou para o policial. "Sim", respondeu. Enquanto tomava o café e o agente esperava pacientemente com uma expressão amistosa, ele disse: "De solteiro."
"O quê?", perguntou o agente.
"O colchão que ela levou era de solteiro."

13

Estava na expectativa constante de que um visitante aparecesse. Os gansos eram de alguém, assim como as ovelhas negras ao longo da estradinha. Qualquer hora alguém iria até lá. Um andarilho perdido. Essa ideia enchia seus dias de apreensão. Dois dias depois, seu pé parou de latejar e ela notou que a ferida estava diminuindo. Quando secava, depois do banho de soda, ela esfregava o polegar por vários minutos na marca dos dentes para aliviar a coceira, embora, logo depois da mordida, mal tenha tido coragem de olhar para a ferida. Além da incompatibilidade de álcool e antibiótico, ela também lembrou ter ouvido que um tratamento com antibiótico deve até o fim, então continuou tomando os comprimidos. Ela agora se incomodava mais com o braço, que ainda estava rígido, mais do que com o pé. Continuava chovendo, era uma chuvinha leve e, quando ela saía, nem vestia capa de chuva. Num domingo, ouviu algumas vezes um apito com som cheio de ar sem saber definir de que direção vinha. Pegou o mapa e descobriu que passava um trilho de trem não muito longe dali, a Welsh Highland Railway. Em Caernarfon, havia a imagem de um trem a vapor antigo. Pelo visto, funcionava nos fins de semana.

14

Vários dias depois de os colegas o terem retirado do lago, seu tio começou a fazer um armário. Na verdade, era mais uma estante com nichos. "Viu só", disse sua mãe a seu pai, que era irmão do tio. "Viu só: é assim que se faz. Tem que pôr a mão na massa. Simplesmente fazer as coisas." Ele ficou ocupado com aquilo por algumas semanas, semanas de férias — a direção do hotel dissera que ele só retornasse quando "estivesse se sentindo melhor". Serrar, furar, parafusar, lixar, pintar; sentar-se numa cadeira e ficar olhando para o resultado do trabalho. Quando terminou, teve uma ligeira recaída. "Podia ter arrebentado tudo", disse sua mãe. "Mas não fez isso."

15

Tinha comprado a tesoura de poda e o serrote num ímpeto porque queria fazer alguma coisa com a trepadeira que subia pela parede dos fundos da casa. Podar a trepadeira foi uma tarefa agradável. Parou diante da vidraça da porta da frente e olhou para o retângulo de relva, entre o riacho e a mureta de pedra atrás da qual as vacas amarronzadas às vezes se juntavam. Às margens do riacho, crescia um pouco de mato e algumas árvores de formato estranho. Perto da casa, o capim crescia desordenadamente sobre um caminho largo de pedregulhos. Não, não eram pedregulhos, reparou quando saiu e ficou de joelhos pela primeira vez. Era cascalho de ardósia e, então, entendeu que o monte cinzento atrás da casa não era um monte cinzento, mas um estoque de cascalhos de ardósia. Esfregou o braço esquerdo e entrou em casa para vestir sua calça mais velha. No banheiro, apertou dois comprimidos de paracetamol da cartela e os tomou com um gole d'água.

No estábulo, encontrou uma pá enferrujada e um ancinho mais enferrujado ainda. Encostou-os na mureta e pôs a tesoura de poda em cima. A garoa fina se transformou em névoa, era como se uma nuvem tivesse descido até o chão. Deu um suspiro. Contou cinco passos a partir de alguns pontos ao longo da fachada da frente da casa e pôs ali um toco de madeira: um dos tocos foi parar sobre o cascalho de ardósia, os outros sobre a relva. Depois de firmar a pá no chão e, com o pé bom, tentar pressioná-la na terra, desistiu imediatamente. Não ia dar certo, precisava de tamancos. Tamancos e um carrinho de mão, pequenas estacas e um arame. Encostou novamente a pá na mureta de pedra. Havia um cheiro forte de esterco de vaca. Tenho de olhar bem e refletir, pensou. É só isso. Se eu quisesse, quisesse mesmo, poderia até fazer um armário. Obras assim são tarefas feitas passo a passo. Por enquanto, a tarefa estava terminada. Pegou a tesoura de poda e foi até a lateral da casa, onde, em alguns lugares, o bambu ia quase até o topo. Cortou as hastes na altura de seus ombros e, quando, depois de meia hora, viu o monte de bambus no chão, percebeu que podia riscar as "estacas" da lista. Apareceu uma janelinha que ela não havia visto de dentro, na cozinha. Desde o momento em que saiu, não tinha fumado um único cigarro. Agora mal conseguiria levar a mão direita até a boca.

Mais tarde naquele dia, a nuvem se dissipou e o sol apareceu. Ela foi caminhando em ritmo bem lento até o círculo de pedras, com a tesoura de poda na mão. No caminho, cortou galhos que pendiam, atrapalhando a passagem, e arrancou hera da cerca de metal. Via que a trilha cada vez mais se parecia com uma trilha de verdade. Ao chegar às pedras, antes de ir se sentar na maior delas, foi andando um pouco mais adiante, exatamente por onde a trilha prosseguia, até chegar a um passador. Estava tudo encharcado, bem encharcado, pantanoso. Ramos grossos de capim despontavam de pequenas poças. A trilha cortava o lamaçal. Era como um pequeno dique natural, com pedras aqui e ali. Amanhã, ela pensou. Tinha visto um lago maior no mapa, meio quadrado, como se fosse construído.

Ficou parada, em silêncio, esperando, com os braços envolvendo os joelhos dobrados. Não apareceu nenhum texugo. Borboletas amarelas esvoaçavam sobre os arbustos. Duas borboletas, ela pensou. *Duas borboletas saíram ao meio-dia, / E valsaram sobre um córrego*. Foi tomada por uma enorme saudade de casa. Já sentira uma versão mais branda disso antes, cada vez que caminhava pelos corredores do enorme Tesco em Caernarfon, que se tornava mais forte perto das prateleiras refrigeradas. Tinha resistido. Já ali no sol, com as borboletas e os arbustos, a saudade da rua no De Pijp — preta e branca, com árvores da metade do tamanho destas, carros com formas arredondadas, crianças com casaquinhos de tricô e reforços de couro nos joelhos, calçadas altas, o odor pungente e doce de guloseimas no dia de são Martinho — não podia mais ser reprimida. São Martinho! Só pouco mais de uma semana. Soltou os joelhos e esticou as pernas. Cruzou os braços sobre o ventre e se curvou para a frente.

Pouco depois, o texugo saiu rastejando de debaixo do arbusto.

16

Quando ela voltou do círculo de pedras com um grande maço de tufos de capim, havia uma pedaço de papel pendurado na porta. *Passei por aqui, não encontrei ninguém em casa. Vou passar de novo, talvez amanhã. Rhys Jones.* O bilhete estava pregado com um pedaço de chiclete.

Ela se virou e olhou para o futuro jardim. Não vou conseguir, pensou. Não sei nem o nome desses arbustos. Não sei quem é Rhys Jones. Como posso proteger os sete gansos contra uma raposa? Deixou cair a tesoura de poda e o maço de plumas de capim. O sol já estava baixo. *Pressentimento é aquela sombra comprida sobre o gramado /indicação de que o sol vai pousar./O anúncio para a relva surpresa,/ de que a escuridão está prestes a chegar.* Dickinson tinha visto o que ela estava vendo neste momento. A saudade havia diminuído. Entrou na sala de estar, foi se sentar perto da lareira, sacudiu as almofadas e pegou uma taça de vinho tinto. O cigarro que acendeu tinha o sabor de um primeiro cigarro. Foi anoitecendo bem devagar, como se a luz fosse sugada para fora através da janela, como poeira muito fina. Aquilo a deixava um pouco tonta. Acendeu algumas velas; pôs três pedaços de lenha na lareira. Tinha deixado tudo para trás, só levara consigo os poemas. Tinha de sobreviver com isso. Esqueceu de comer.

17

Na manhã seguinte, tropeçou no maço de capim. Praguejando, colocou-o num grande vaso de vidro que encontrou num armarinho da cozinha. Deixou a tesoura de poda no chão. Depois, foi com o pequeno reboque atrás do carro pela estradinha agreste. Era o Reino Unido, ali ela com certeza encontraria um centro de jardinagem. Mais ou menos uma hora mais tarde, viu-se de novo num vilarejo chamado Waunfawr. Não havia nenhum centro de jardinagem, mas, sim, uma padaria. Comprou pão, biscoito e uma torta. Não fazia a menor ideia de onde estava, ainda que o morro que tinha visto ao longe antes de entrar na padaria lhe parecesse familiar. Por via das dúvidas, mencionou o nome de sua propriedade.

"Não sabe onde está?", perguntou o padeiro.

"Não", respondeu ela.

O padeiro não disse nada, apenas balançou um pouco a cabeça.

"Tenho um péssimo senso de direção."

O padeiro olhou para fora, para o carro dela, que estava estacionado bem em frente à vitrine da padaria. "Ligue o carro, vá em frente, simplesmente seguindo a estrada, vire à esquerda depois de um quilômetro e meio e, em seguida, de novo à esquerda."

"Assim tão perto?"

"Assim tão perto. E, a partir de agora, venha comprar pão aqui."

"Perdão?"

"A partir de agora, venha comprar pão aqui. Agora que sabe onde fica."

"Claro."

"Também estamos abertos no domingo de manhã." Ele se virou para uma porta que estava aberta. "Awen!"

A mulher do padeiro apareceu com a cabeça no canto.

"Uma nova cliente. Ela está morando na casa da viúva Evans."

"Que bom", disse a mulher do padeiro. "Olá, querida." E desapareceu de novo.

"Obrigada." Foi em direção à porta. "O senhor por acaso sabe se existe algum centro de jardinagem aqui por perto?"

"Em Bangor. Sabe onde fica?"

"Sei."
"Ótimo."
"Até mais."
"Até quando o pão acaba."
"É."
"Alemã?"
"Não, não." Saiu da padaria e pôs as compras no banco traseiro do carro. Olhou à sua volta. Algumas casas, colinas, um cruzamento. Nem mesmo o Monte Snowdon a ajudava a se localizar. "*Godverdomme*, primeiro vou ter de ir para casa antes", disse ao monte. O padeiro se colocara bem visível na vitrine. Estava imóvel, com um braço esticado como uma placa indicando a direção. A única coisa que se mexia no homem era sua mão, que, com o dedo indicador apontado, sacudia pra cima e pra baixo, como se fosse movida por um mecanismo de corda. Ela fez que sim com a cabeça, levantou um pouco a gola para encobrir as manchas vermelhas em seu pescoço e entrou depressa no carro.

Virou na entrada da propriedade e, imediatamente, notou que o campo estava vazio. Só depois de ter passado pela curva fechada, viu as ovelhas negras, um pouco mais perto da casa. Os sete gansos estavam amontoados, grasnando. Ela freou e saiu do carro. Seis. Contou mais uma vez, embora os animais estivessem bem perto da cerca, e de novo não foi além de seis gansos. Se isso continuar assim, pensou, quando chegar o Natal, não terá sobrado nenhum.

O pedaço de papel tinha sido tirado da porta. Uma nova mensagem fora posta no lugar. *Passei de novo. Mudei minhas ovelhas de lugar. Tentarei novamente. Amanhã de manhã, às nove. Rhys Jones.* Bom, pensou, ousada. Um criador de ovelhas e um horário. Sorte a minha.

Pegou a tesoura de poda do chão e foi para a cozinha.

Lá, o mapa ainda estava aberto sobre a mesa, ela não tinha mais dobrado. Identificou Waunfawr. Incrível como ficava perto. Ficou assim por um instante, as costas encurvadas, as duas mãos apoiadas no mapa. Depois de um tempo, as linhas verdes pontilhadas que indicavam as trilhas pareciam todas se agrupar em sua estradinha, em seu terreno. Aquela montanha, pensou, tenho de ficar sempre de olho no Monte Snowdon, daí vou saber onde estou.

18

Naquela tarde, não comprou só um carrinho de mão, corda e tamancos. Comprou também um rolo de tela de galinheiro, um martelo e pregos que colocou no carrinho. Não havia estudantes no Dickson's Garden Centre. Mas havia mulheres idosas e homens aposentados com netinhos alegres, clientes que andavam com listinhas rabiscadas na mão, que não deixavam nada ao acaso. Música clássica suave guiava os clientes pelos corredores, e fontes de cimento jorrando água tinham efeito igualmente calmante. Ficou ali por mais tempo que o necessário, pediu um café na cafeteria, olhou mais uma vez a seção de rosas e comprou três plantas floridas para o interior da casa, do tipo que seus avós tinham junto à janela, trinta anos atrás. Também comprou uma tesoura de poda melhor, pois a da loja de ferragens já não estava mais cortando bem. Um rapaz desengonçado, de cabelos ruivos e cacheados, ajudou-a a pôr o carrinho de mão no reboque. Quando ela quis entrar no carro, ele estendeu a mão. *"Thank you"*, teve de dizer. "Muito gentil da sua parte." O rapaz não disse nada, abriu um largo sorriso e fechou a porta do carro. Pelo retrovisor, viu que ele continuou observando.

Naquela tarde, deixou o novo jardim descansar. Usou o carrinho de mão para levar a tela de galinheiro até os três laguinhos. Os seis gansos a aguardavam. Quando atravessou a cerca e entrou no campo, eles fugiram. Como se esperassem algo de mim, pensou. Mas o quê? Usou um pé, o pé machucado, com o objetivo de testar como estava, para empurrar o barraco desmoronado. Depois de tirar algumas tábuas, o telhado, coberto com retalhos de alcatroado, ficou como uma tenda no chão. Havia espaço mais que suficiente para os gansos. Desenrolou a tela de galinheiro e se deu conta de que precisava de algo para cortá-la. Assim como anteriormente, encontrou ferramentas úteis no velho estábulo de porcos. Voltou pela estradinha levando um torquês grande, um serrote e um rolinho de arame fino. Primeiro, ela fechou a parte de trás do abrigo triangular, prendendo a tela com as tábuas que não estavam podres. É preciso olhar bem e refletir, pensou. Se eu fizer isso, posso até construir um armário. Os gansos olhavam grasnando baixinho, as ovelhas negras vinham chegando e a maioria estava enfileirada atrás da cerca. Tirou o maço de cigarros do bolso do casaco e acendeu um. Um pássaro grande, marrom-avermelhado, desceu no bosque pantanoso e se sentou no galho de um carvalho, com a cabeça virada para ela. *"Is it you?"* chamou ela, em inglês, como se um pássaro não fosse compreendê-la se falasse em holandês. A ave continuou a olhá-la, imóvel. Ela jogou o cigarro fumado até a metade num dos laguinhos.

Fez diferente com a parte da frente. Fechou a ponta do triângulo com tábuas que primeiro serrou na medida certa. Deixou frestas largas entre as pranchas, pois não havia madeira boa suficiente. A tela de galinheiro tinha um metro e vinte de altura. Então, foi mais uma vez ao estábulo, a fim de procurar grampos para a cerca. E também encontrou. Pregou um lado da tela, que para ficar horizontal ao chão, foi posta com os grampos em triângulo sobre o telhado. Depois não sabia mais. Deu alguns passos para trás e ficou olhando para o abrigo. Olhou e refletiu profundamente. Queria desistir. Tudo em seu corpo dizia: pare com isso, deixe pra lá. Vá para dentro, beba alguma coisa, fume um cigarro, deixe seu corpo afundar na água quente da banheira. Ainda havia duas tábuas boas. Usaria a mais curta na vertical e a mais longa no chão, pensou, e aí veremos como consigo fechar e fixar o último pedaço de tela, que tem de ser um tipo de porta. Vá em frente, força. Martelou as duas tábuas em ângulo reto, com um pedaço extra de madeira na transversal para sustentar, e colocou essa construção junto à frente do abrigo. Arrastou-se para dentro, para prender a tela na madeira com os grampos de cerca. Foi bem difícil conseguir fixar a tela na tábua que estava no chão, porque nada a segurava. "*Godverdomme*", disse. Tinha de pôr alguma coisa atrás da tábua. Arrastou-se para fora do abrigo e olhou ao redor. Havia pedras grandes perto dos laguinhos. Pesadas demais. O carrinho de mão virou. Ela o empurrou firmemente contra a tábua e tentou novamente. O carrinho começou a deslizar, mas, martelando com muito cuidado, ela conseguiu pôr os grampos na tábua. Seu braço doía, estava sentindo o pé. Saiu do abrigo praguejando, perguntando-se que diabos estava fazendo. Puxou o carrinho de mão para o canto, endireitou--o e, de novo, olhou bem para o abrigo. Parecia bem firme, suficientemente firme, achou, para evitar que uma raposa entrasse. Uma ave grande não conseguiria entrar de maneira alguma. Agora era só conseguir pôr aquele último pedaço de tela, que serviria de porta, para fechar, sem pregá-lo de maneira permanente. Ainda tinha uns dez pregos grandes. Martelou seis no telhado com espaçamento de cerca de vinte centímetros, exatamente oposto ao triângulo de tela que havia pregado do outro lado. Cortou pedacinhos de arame e enroscou na tela, também com espaço de vinte centímetros. Verificou se os arames coincidiam mais ou menos com a altura dos pregos e, só depois disso, cortou o excesso de tela. "*Godverdomme!*", disse mais uma vez. Ela fedia a bosta de ganso e suas mãos sangravam.

Os gansos se recusavam a entrar no abrigo. Corriam em bando para o lado oposto ou se espalhavam, como se tivessem entendido que seria mais difícil escolher entre seis gansos separados. As ovelhas permaneceram impassíveis no pasto ao lado, a maioria comendo tranquilamente, e uma ou outra dando uma olhada fugaz. Ofegante, ela juntou algumas pedras e atirou na direção dos gansos. "Seus nojentos, mal-agradecidos, bichos bobos fedorentos!", gritou. "Estou tentando salvar vocês, puta merda!" Queria tentar mais uma vez, com muita calma. Os gansos estavam no lago maior, próximo ao abrigo. Acendeu um cigarro e sentou-se na relva. Os gansos gorgolejavam um pouco, e dois deles batiam as asas bebendo água. Tem de ser devagar, falou para si mesma, primeiro deixo que se acostumem à minha presença. Levantou-se e abriu os braços, o cigarro entre os lábios. Os gansos se bandeavam para longe do lago sem pressa, passando ao lado do abrigo. Ela continuou parada. As aves também pararam, a uns cinco metros do pedaço retorcido de tela. "Para dentro", falou baixinho. "Vamos lá. É seguro ali." Ouvia a si mesma falando em inglês e pensou: tenho de fazer um movimento para envolvê-los. Muito devagar. Foi para trás dos gansos o mais silenciosamente possível, achando que ia dar certo; as aves estavam com seus corpos gordos uns contra os outros, só os pescoços e as cabeças viraram. Agora ela caminhava, ainda com os braços abertos, em direção ao abrigo. Sim, pensou. Sim. Fumaça rodopiava em seus olhos, lágrimas corriam por sua face.

Naquele momento, algo passou raspando por sua cabeça, tão perto que ela sentiu os cabelos esvoaçarem. Meio segundo depois, o pássaro marrom-avermelhado bateu as asas e, em seguida, deslizou sobre o topo da casa, voando na direção do bosque. Nisso, os gansos já estavam no canto mais distante do pasto, e uma única pena branca caiu no chão. Pôs-se de joelhos e deixou-se cair de lado na relva molhada. "Por que estou fazendo isso?", falou baixinho. Cuspiu o cigarro, que estava quase no fim. "Não vou conseguir."

Algumas horas mais tarde, estava imersa na banheira de patas de leão. Olhou para os dedos das mãos. Puxou a perna esquerda e cutucou a casca da ferida no dorso do pé. A água na extremidade da banheira ficou ligeiramente avermelhada. "Eu vou conseguir", disse. Saiu da banheira e se enxugou. O espelhinho sobre a pia estava embaçado. Viu seu tronco e sua cabeça como uma massa rosada. Sem pensar, tomou dois comprimidos de paracetamol. Roupas úmidas estavam penduradas na balaustrada em torno da escada, e a toalha foi pendurada ao lado. A lareira estava acesa no escritório, e a luminária sobre a mesa de carvalho também. Foi para a frente do fogo, sentia a pele lisa de suas coxas e ventre. Passou a mão nos seios e olhou fixamente para os olhos negros de Emily Dickinson. "Pra você, é fácil", disse. "Você está morta."

19

Alguns dias depois de ter deixado seu celular no barco, deu-se conta de que sempre o usava como relógio. Tinha levado sua agenda e, se realmente quisesse, podia verificar que dia era. Não ter relógio — havia um pendurado na cozinha que provavelmente já estava parado por muito tempo — não era algo grave. Comia quando tinha fome, ia para a cama na hora em que achava que podia, e não sem tomar um paracetamol. Sem despertador.

Quando desceu a escada, na manhã seguinte, pôde ir direto para fora usando a porta da frente, que estava escancarada. Já estava claro e a relva estava molhada sob seus pés descalços. Esses são os dias em que o céu assume / O antigo, antigo engano de junho, —/Um erro azul e dourado. Não sabia bem por que os versos tinham surgido na cabeça dela. Novembro, e ainda tão ameno. Falsamente ameno, talvez. Azul e dourado, mas um equívoco. Havia duas botas na soleira. Virou-se e não fechou a porta. O homem estava sentado na cozinha como se tomasse café ali todas as manhãs. Tinha dobrado o mapa e tamborilava os dedos sem pressa no tampo da mesa.
"Bom dia", disse ele.
"Que horas são?", perguntou ela.
O homem apontou sobre o ombro com o polegar.
Ela olhou para o relógio, que indicava nove horas e treze minutos. Não conseguia lembrar o horário que os ponteiros parados haviam indicado durante semanas.
"Você já está aqui há quinze minutos?"
"Sim."
Ela vestia uma camisola que ia até pouco acima dos joelhos, nada além disso. Será que era tarde demais para voltar lá para cima?
O homem se levantou e estendeu a mão. "Rhys Jones."
Se ele não tivesse se levantado, ela ainda poderia ter pedido licença. Ergueu um pouco a gola da camisola e estendeu a outra mão para ele. "Bom dia", cumprimentou,

sem mencionar seu nome. Levantou uma das chapas do grande fogão e encheu o bule com água e pó de café. Ouviu o homem se sentar novamente, a cadeira rangeu.

"Indestrutível", disse ele.

Ela olhou pela janela. "Leite?", perguntou, sem se virar.

"Leite e açúcar, por favor."

Abriu uma segunda chapa, pegou na geladeira uma garrafa plástica com leite e pôs o líquido numa panelinha. Tirou um fouet da caixa de talheres que estava sobre a pia. Percebeu que sua mão tremia. "Vou subir um instante", disse ela sem sair do lugar.

O homem não reagiu.

"Vou vestir alguma coisa, dormi demais."

"Por mim, não é preciso", disse Rhys Jones.

Ela se virou. "A porta não estava trancada?"

Ele pôs a mão no bolso de trás de sua calça e tirou uma chave que colocou sobre o mapa. "Eu tenho uma chave."

"Chave que você agora vai deixar aqui?"

"Se você preferir assim…"

"Sim, eu prefiro assim." Ela se virou novamente e mexeu o leite com o fouet. Sentia suas nádegas roçando contra o tecido fino da camisola. "Tem torta. O senhor quer um pedaço com o café?"

"Vou aceitar, sim."

O bule começou a crepitar. "Foi o senhor que escreveu o manual de instruções?"

"Sim."

"O senhor fez muito bem. Estou conseguindo lidar bem com o Aga."

"O tanque de óleo foi enchido, vai durar meses." Ele afastou um pouco o mapa. "A viúva Evans gostava que eu tivesse uma cópia da chave."

Ela serviu café e pôs leite numa das xícaras. Depois disso,

pegou a torta na geladeira, cortou dois pedaços e os pôs em pratinhos. Empurrou a xícara de café e a torta para ele e, antes de se sentar, apertou o mais discretamente possível a barra da camisola contra as coxas.

Rhys Jones tinha um típico rosto galês: quadrado, cabelos grossos e oleosos, olhos lacrimejantes, barba malfeita. Tinha a impressão de sentir um ligeiro cheiro de carneiro. Também podia ser cerveja da véspera à noite. A unha do polegar direito dele estava quebrada e roxa. Ele comeu o pedaço de torta em cinco mordidas.

"Esteve ocupada com os gansos?"

"Qual era o acerto que o senhor tinha com a mulher que morava aqui?"

"No que diz respeito às ovelhas?"

"É."

"Pastagem livre, cortar o capim uma ou duas vezes por ano e preparar o feno. E, no outono, um cordeiro."

"Um cordeiro?"

"Em pedaços."

"Então eu também vou receber esse cordeiro?"

"Vai. Você mora aqui agora, e as minhas ovelhas pastam na propriedade que você aluga. O acerto permanece o mesmo."

"E se eu não gostar de cordeiro?"

"Vai ganhar do mesmo jeito. Não posso dar carne de porco ou de gado." Olhou para ela. "Zwartbles. Ótima carne."

"Desculpe?"

"São ovelhas zwartbles, uma raça frísia. Lá do seu país."

Ela ficou olhando para o pedaço de torta e sabia que não iria terminar de comer. Nunca mais haveria um encontro com este homem às nove da manhã, pensou. "A senhora Evans era sua parente?"

"Não."

"Por que esta casa não é vendida?"

"Ela não tinha ninguém. Pedi a um conhecido que é agente imobiliário para pôr a casa para alugar."

"Para ter certeza de que suas ovelhas poderiam continuar pastando aqui."

"Entre outras coisas." Ele tomou o restinho de café da xícara. "Enquanto isso, estão procurando por parentes distantes. Talvez demore muito."

"Mais?", perguntou ela.

"Sim, por favor." Ele se afundou na cadeira e esticou as pernas confortavelmente sob a mesa. "Organizei o funeral dela."

"Os gansos também são do senhor?"

"Não. Eles eram da viúva Evans."

"E agora, portanto, são meus."

"É. Mais ou menos."

Ela teve de se levantar para pegar a xícara dele e ir até a pia. Ele a olhou fixamente, era como se soubesse que ela estava em uma situação embaraçosa. "Mais ou menos", repetiu ela. "O que significa isso?"

"São gansos alugados. Não são propriedade sua. Acredito que você não pode colocar um ganso alugado no forno para o Natal."

Ela se levantou e também ficou olhando fixamente para ele, para que ele não caísse na tentação de baixar o olhar. Funcionou. Só quando ele lhe entregou a xícara, olhou para seus quadris. Ela pôs a panelinha com leite por um instante sobre a chapa e olhou novamente para fora, para onde agora a relva parecia mais seca. Como ela gostaria de estar lá fora agora, com a pá, esticando arame no caminho em volta da casa, construindo um armário figurativo. As três plantinhas floridas no beiral da janela precisavam de água, ela notou. Estava surpreendentemente cansada e sentiu uma espécie de amortecimento no braço quando batia o leite. Mas um braço adormecido era muito menos grave que falar com um homem que aparentemente estava ali para mostrar sua autoridade sobre aquela casa e aquele terreno.

"Aliás, eu vi apenas seis gansos."
"O quê?"
"Seis gansos."
"Você contou meus gansos?"
"Claro que sim."
Goddomme, pensou ela.
"A viúva Evans cuidava bem deles. Dava pão."
Encheu a xícara de café e leite, e calculou quanto tempo levaria para que ele a bebesse. Já não se importava mais com a forma como iria se sentar, depois de ter dado a xícara a ele, e até levantou um pouco a camisola. Ele começou imediatamente a beber e, com a mão livre, balançava pra lá e pra cá a chave sobre a capa dura do mapa. Ela empurrou a torta para longe de si. Não falou mais nada.

"É uma situação temporária. A casa está ocupada. Você está contente, eu estou contente, a imobiliária está contente. Mas esse cenário pode mudar a qualquer momento." Ele se inclinou para a frente e puxou o pratinho para si. "Posso?"

Ela não respondeu. Mesmo assim, ele comeu o pedaço de torta dela. Ficou horrorizada com aquilo, a unha quebrada sempre por perto da boca que mastigava. Em silêncio, ficou observando como ele bebia o café. Em seguida, ela se levantou. Não sabia o que dizer, talvez ele já tivesse entendido que estava sentado havia tempo suficiente em sua cozinha. Ela fez um gesto para a passagem entre a cozinha e a sala de estar.

"Bem, eu já vou andando", disse ele. Levantou-se e foi lentamente em direção à sala. "Prático", falou ele, o fato de esses móveis ainda estarem aqui."

"Por que não tem cama no quarto?"

"Eu levei embora."

"E o relógio?"

"A viúva Evans realmente não podia mais subir para arrumá-lo. De tempos em tempos, eu trocava as pilhas."

Ficou feliz que ele estivesse atravessando a sala de meia. Não dá para levar a sério um homem de meias, ainda mais com furos.

Na porta da frente, ele se virou e olhou bem para ela mais uma vez, da cabeça aos pés. "Machucou?", perguntou.

"Fui mordida por um texugo."

"Impossível."

"Mas foi o que aconteceu."

"Texugos são animais retraídos." Usou a palavra *shy*. Ele pisou no degrau da soleira. "Vou voltar, então", disse, antes de fechar a porta atrás de si.

Não quer que eu o veja se abaixando para colocar as botas, pensou ela. Deu um sorriso. "Adeus!", gritou através da porta fechada, enquanto o via se abaixar por trás da vidraça. Subiu a escada e foi se deitar no divã do escritório. Fechou os olhos. Rhys Jones arrancou em seu carro, sem dúvida grande, um daqueles com carroceria em que cabem algumas ovelhas. Ou rolos de feno, uma cama de casal. Não sentia a tentação de olhar pela janela. Duas horas mais tarde, ela recomeçou o dia de novo. Dessa vez, bem.

20

O sol brilhava e a relva tinha secado por completo. Quase não tinha vento. Cortou os pedaços de bambu como estacas e as enfiou na terra nos lugares que havia marcado com tocos de madeira. Esticou um arame entre as estacas. As vacas amarronzadas, estavam enfileiradas, olhando por cima da mureta. O campo cheio de relva ficava pelo menos meio metro acima do campo onde elas estavam e a mureta era bem mais alta. Resfolegavam. Sem pensar em nada, tirou com a pá enferrujada o capim que crescia ao longo do arame e arrancou obstinadamente o mato que brotava entre o cascalho na beirada da calçadinha da frente. Levou o capim arrancado no carrinho de mão, seguindo o riacho, até os fundos da casa. Depois de um tempo, já havia acumulado um monte entre alguns arbustos. Em seguida, foi sentar-se sobre a pilha de cascalhos de ardósia. Ofegava. Olhou ao redor. O que poderia usar como delimitação entre o relvado e a calçadinha? Os gansos a viram sentada ali e vieram grasnando em direção à cerca de arame farpado. Ela atirou lascas de ardósia nas aves, o que pareceu não incomodá-las. Não tinha força suficiente em seu braço para ultrapassar a distância entre a pilha de ardósia e a cerca.

Encontrou dois pilares de madeira no estábulo, de longe insuficientes para toda a extensão da calçada. Desceu mais uma vez até o porão pela escadinha de concreto e sentou-se no degrau mais baixo. O chão era revestido com piso cerâmico esverdeado. Por que o porão era tão limpo, tão bem varrido? Era como se o cômodo fosse usado por algo que envolvia água. Ela inspirou fundo, não havia cheiro que lhe trouxesse algum sinal.

A Zuiderbad no outono, as cabines brancas, a fatia de pão que comia quando saía, os arbustos desfolhados no jardim do Rijksmuseum, cobertos de neblina, o ruído dos carros na Stadhouderskade e Hobbemakade. Pensou em seus pais, no apartamento no último andar no De Pijp, lembrou-se da imagem da sua mãe preparando o sanduíche para levar para a piscina, cozinhando batatas, a vidraça da cozinha estreita molhada de vapor condensado, tudo muito iluminado pela lâmpada fluorescente. Ainda moravam lá, agora com aquecimento central, um belo piso laminado, uma cozinha nova e uma televisão grande demais para a pequena sala de estar. E uma mensagem da filha. Ela havia ligado e desligado várias vezes, até que a secretária eletrônica atendesse — a voz do seu pai, dizendo só o sobrenome. "Estou ligando para avisar que fui embora. Vocês não precisam se preocupar. Não mesmo." Esse *não mesmo* agora incomodava, não era nem um pouco necessário. A saudade era algo que você podia achar agradável, mas nem sempre. Às vezes deixa a pessoa muito fraca, tanto que cinco degraus de concreto parecem cinquenta.

Ramos de amieiro. As três árvores à margem do riacho eram amieiros. Sabia disso porque reconheceu os pequenos cones nos galhos. As árvores não eram mondadas havia muito tempo. Essa palavra, ela conhecia, mondar, ainda que nunca tivesse usado um serrote em árvore alguma. Ou um ramo grosso de trepadeira também contava? Após ter ficado deitada por algumas horas no divã do escritório, levou uma cadeira da cozinha para fora. A cadeira na qual Rhys Jones se sentara. Colocou-a junto a uma das árvores e subiu com seus tamancos enlameados. Pensou: pena que não fiz isso hoje de manhã, daí, além de furos nas meias, ele também teria o traseiro emporcalhado. Sentia que o serrote fazia seu trabalho quando ela puxava, não quando empurrava. Percebeu que também tinha de pensar bem sobre onde deveria se posicionar, para não levar uma galhada na cabeça. Depois de serrar cinco galhos, achou que já era o bastante. Além do mais, sentia que, por ora, já havia trabalhado mais que suficiente. Cortou os ramos e as pontas finas com a nova tesoura de poda e arrastou os galhos para a beirada do relvado. Com a retirada do capim, formou-se uma pequena valeta ao longo da calçadinha e, nessa valeta, ela pôs os galhos enfileirados. Foi se sentar na soleira. Tinha ficado bom, os galhos eram suficientemente grossos para formar uma fronteira de verdade. Só agora ela via que a relva era um gramado, que alguém devia ter aparado não muito tempo atrás. As vacas haviam desaparecido. Quando levantou, viu que já estavam bem distantes. Não percebera que os animais tinham ido embora. Uma bela maneira de medir a passagem do tempo: o sol, que de repente havia mudado de lugar, já estava de novo bem baixo, as sombras diferentes, um bando de vacas que se movia silenciosa e tranquilamente. Observou isso pela primeira vez e pensou em sua tese.

21

Emily Dickinson. Apesar de sua reputação (*provavelmente a mais querida e, com certeza, a maior poetisa entre todos os poetas americanos,* conforme a descrição na contracapa da biografia de Habegger), Dickinson tinha escrito um monte de quadras rimadas toscas, versos de baixa qualidade, no que lhe dizia respeito. Folheava o livro *Poesias completas* com as unhas cheias de terra. Era noite, uma escuridão total lá fora, exceto uma ou outra luzinha ao longe. Bebeu uma taça de vinho e fumou um cigarro. Lá embaixo, havia uma panela com bastante comida sobre a bancada da pia. A lareira ardia. Nunca fora picada por uma abelha, refletiu. Abelhas por toda a parte, numa *brisa leve* ou num *trevo*. Pensou em sua sala na universidade, o computador frio com todas as anotações sobre Dickinson e não muito mais que um esboço da tese, que, teoricamente, deveria ser sobre a relativamente grande quantidade, em sua opinião, de poemas menores; e a canonização excessivamente apressada de Dickinson. Os vasos de plantas, os armários de metal e, pela janela, a vista de uma ruazinha longa e estreita, neve. A enorme e indigesta biografia de Habegger, cheia de perguntas e teorias ridículas (o livro era tão detalhado que até um ataque de tosse de um tio-bisavô de Dickinson na primavera de 1837 é citado como explicação para determinada sensibilidade em seus poemas), tinha feito parar por meses o trabalho na tese.

Amassou o papel no qual escrevera "cortinas" (a vidraça no quarto menor ainda estava descoberta) e pegou um lápis macio. Pensou em si mesma lá fora, à luz do sol, de costas para a porta da frente. Fez um esboço do gramado, do riacho levemente sinuoso, da mureta de pedras em forma de L a partir do riacho ao redor da grama, do estábulo enviesado em relação a casa, da nova calçadinha limpa ao longo da fachada. Os três amieiros e os três arbustos. Pena que ela não tinha lápis de cor. Havia um novo caminho, da porta da frente atravessando o gramado, terminando na mureta. Haveria canteiros de flores. Tentou desenhar um arco de rosas, o que era muito mais difícil do que havia imaginado. Estragou o esboço e não tinha borracha. Amassou também essa folha de papel. Acendeu mais um cigarro, pegou de novo o livro *Poesias completas* e o abriu na página com o índice analítico. Já tinha essa edição havia muito tempo — estava anotada, com páginas manchadas, o tecido que recobria a capa dura rasgado — e viu agora, pela primeira vez, como era curta a seção AMOR, e como era longa a última seção, TEMPO E ETERNIDADE. Começou a chorar.

22

O marido estava na sala, que era pequena demais para a televisão nova. Sua sogra estava a seu lado no sofá; o sogro, numa poltrona perto da TV. Rajadas de chuva e vento típicas de novembro batiam contra a vidraça, um poste oscilava pra lá e pra cá na rua. A televisão estava ligada, como da primeira vez que o marido estivera ali, muitos anos atrás, e todas as outras vezes que estivera ali à noite. Com frequência, também durante o dia, certamente nos fins de semana. Havia abaixado o volume uns cinco risquinhos quando ele chegou, mas ainda incomodava. Cantavam e julgavam, e às vezes entrava a publicidade bem alto.

"É quase dezembro", disse a mãe.

"É", assentiu o marido.

"Agora realmente já não vejo mais graça."

"O que podemos fazer?", perguntou ele.

"É tudo culpa sua."

"Culpa minha?"

A mãe olhou para o marido de uma forma que deixava claro que não haveria nenhuma explicação, e que ele mesmo devia saber muito bem que era o culpado.

"É", disse o pai, sem olhar para o marido, abrindo a boca pela primeira vez.

"É o quê?", perguntou a sogra.

"Isso", disse o sogro.

Ela soltou um suspiro. "Como podemos iniciar as festas de fim de ano assim? São Nicolau. Natal." Apontou ligeiramente para o beiral da janela, onde já havia um triângulo de velinhas acesas. As chamas não se moviam, as janelas eram bem vedadas.

"Também não sei", disse o marido.

"Ah!", falou o pai.

"O quê?", perguntou a sogra.

"Esse aí não sabe cantar!"

"Ela já fez isso antes?", perguntou o marido. "Quero dizer, antes de me conhecer?"

"Nunca! Nunca desapareceu assim. Não gostava nem de pousar fora, nunca dormia na casa das amigas."

"Dormia na casa do meu irmão", comentou o pai.

"É. Ela sempre queria ir para lá. Pousar na casa do tio — nem mencionava a tia. Os dois eram unha e carne."

"Ele a ensinou a fumar", disse o pai.

"Ah, é. E ele sempre colocava ideias estranhas na cabeça dela. Falava coisas estranhas para ela. Quando ela voltava pra casa, levava dias até voltar ao normal."

"Que tipo de coisa ele falava?", perguntou o marido.

"Que ela tinha que saber fazer as coisas sozinha. Que uma pessoa só pode contar com si mesma na vida. Que não se deve esperar nada dos outros."

"Isso não é tão grave, é?"

"Não, mas ela acabou fazendo isso, e foi embora. A tia ficou completamente transtornada, e o tio só dava risada. E ela nem se importava conosco quando voltava para casa."

"Então ela desapareceu uma vez."

"Não, só por uma hora, mais ou menos, nunca por muito tempo. No máximo, duas horas. Quando soubemos que ela fumava com o tio, essa história acabou. Proibimos que ela voltasse a se hospedar lá."

"Meu irmão não... bate muito bem", observou o pai.

"Pode-se dizer assim, é", confirmou a mãe. "Também é possível dizer que é um louco de pedra."

"Bem..."

"Sempre tenho medo que ele" — e apontou para seu esposo — "que ele também vá para este lado. Felizmente, a mulher dele é bastante sensata e forte."

"Bebida?" indagou o pai.

"Com prazer", disse o marido.

"É, fiquem aí bebendo. Isso resolve tudo."

"Você também quer?", perguntou o pai.

"Não, claro que não! Por acaso, alguma vez bebi uma gota de álcool?"

"Nunca é tarde demais para começar." O pai se levantou, foi até o aparador e serviu dois copinhos de genebra envelhecido. O seu próprio copo completamente cheio, abaulado, de maneira que teve de se abaixar e dar o primeiro gole no aparador, para poder pegar a bebida sem derramar. Depois de ter servido o marido, sua atenção novamente se voltou de imediato para a televisão.

"É", disse ao pai, suspirando. "Que ele também vá para este lado..."

"Ah, faça-me o favor."

Ela começou a chorar baixinho.

O marido bebeu o genebra. Perguntou-se se era realmente culpa sua, como dissera sua mãe. Uma rajada de chuva encobriu por um instante a voz de uma menina gorda de cabelo espetado que estava completamente imóvel num grande palco. Sua voz era linda, clara, e ela parecia esquecer-se de tudo ao seu redor quando cantava, seus olhos brilhavam, suas mãos pendiam totalmente relaxadas junto às suas coxas; tornava-se bonita. Pouco depois, ela ouviu agradecimentos e o julgamento de que não tinha o "carisma" exigido. Próximo candidato, por favor.

"Puta merda, fala sério", disse o pai.

Durante o intervalo comercial, a mãe começou de novo. "Agora você vai ficar preso?"

"Não", disse o marido. Diante dele, havia um segundo copo de genebra.

"Por que não?"

"Porque eu vou pagar todo o prejuízo."

"Então, hoje em dia, é possível pôr fogo em qualquer lugar sem ir para a cadeia?"

"Depende, eu acho", respondeu o marido. "Eu não fugi. Colaborei com a polícia. Acho que tem a ver com isso."

"Você tem condições de pagar o prejuízo?"

"Tenho, sim."

"Mesmo assim, é tudo culpa sua."

"Por que você acha isso? Você acha que é tão simples assim?"

"É."

"Mas você sabe o que ela fez?"

"Sei."

"Como é que eu posso ser o culpado, então?"

"Não, mas aquilo tudo é verdade? Foi você que contou para nós. Quem me garante que não está mentindo?"

"Por que eu mentiria?"

"Porque você tem muita coisa a esconder."

"Não tenho absolutamente nada a esconder."

"Não", disse o pai, que olhava fixamente para a tela da TV.

"Não se meta", disse a mãe. "Onde é que aquela pobre criança pode estar?"

"Esse tio", falou o marido. "Seu irmão. Ainda é vivo?"

"E se é!", respondeu o sogro. "Ainda não tem nem setenta anos."

"Onde ele mora?"

"Está achando que ela está com ele?", perguntou a mãe.

"Lá, ela não está", afirmou o pai.

"Ele já ligou para o irmão. Lá, ela não está. Ou ele está mentindo, o que também pode ser, pois aquele homem é um louco de pedra."

Continuavam cantando e julgando na televisão, o pai tinha aumentado um pouquinho o volume do aparelho após o último comentário de sua esposa. Ele estava sentado perto demais da TV; era difícil imaginar como alguém podia ver qualquer coisa na tela estando praticamente encostado nela. Ou aquilo era uma forma de se fazer invisível, de ficar meio de fora, podendo fazer comentários de vez em quando, com segurança, sem se envolver diretamente?

"Dinheiro", disse o pai.

"O quê?"

"Vocês não recebem correspondência do banco? Não dá para ver ali os saques no caixa eletrônico? Ela vai precisar de dinheiro, não?"

"Eu recebo meu extrato pelo correio", disse o marido. "Ela, não. Faz tudo pela internet. E eu não tenho acesso. Não temos conta conjunta."

"Acho que você tem muito a esconder", disse a mãe. "Não se revelou de repente um incendiário?"

O marido suspirou.

"Com certeza é culpa sua vocês não terem filhos."

"Certeza?"

"Sim."

"Ela não contou sobre os exames?"

"Que exames?"

"Aqueles que eu fiz."

"Não sei de nada."

"É o que parece."

"Quero um copo de vinho."

"O quê?", indagou o sogro.

"Eu disse que quero um copo de vinho. Branco."

"Então pegue."

"Seu genro, você serve. Na minha vez, tenho que pegar eu mesma?"

"É", disse o pai. "Estou vendo televisão. E você nunca bebe."

A mãe se levantou e foi até a cozinha. O marido ainda estava absorvido com a aspereza com que ela pronunciara a palavra "genro" e esperava que seu sogro agora se virasse para ele. Que dissesse alguma coisa. Entre homens. Feixes de luz perpassavam a sala.

"Por que todas essas pessoas agem como idiotas?", comentou o pai.

O marido deu de ombros.

"Não entendo."

"Não quer aparecer na televisão?"

"Não."

"Eles, sim. E fazem de tudo para isso."

"Antigamente, ela sempre ficava olhando pela janela na noite de São Nicolau. Era o tipo de criança que ficava com o nariz na vidraça, olhando para a rua molhada."

"E os presentes?", perguntou o marido.

"Ela também ficava ansiosa por isso, claro, mesmo assim…" O pai olhou para a tela. "O que mais me incomoda", disse ele baixinho, "é ela ter dito 'não mesmo'. Era para nós não nos preocuparmos mesmo".

A sogra voltou. Trazia uma taça na mão com dois dedos de vinho. Quando foi se sentar e tomou um gole, fez uma careta. "Então, com você, está tudo bem."

"Comigo, não há absolutamente nada de errado."

"Quando foi que isso aconteceu?"

"No último outono."

"Ela também fez exames?"

"Não."

"Por que não?"

"Talvez porque não seja necessário?"

"Você está me perguntando?"

"Não, estou afirmando."

"Se eu fosse ela, faria, sim, exames."

Todos os três bebiam e olhavam para a TV. Um rapaz com meias de lã e o torso nu tatuado pulava num palco

amplo. Gritava de tudo, não dava para entender. Talvez ele tivesse vindo do leste do país. O marido não queria pensar no estudante, queria permanecer tranquilo.
"O tempo está passando", disse a mãe.
"*Ach*."
"Quantos anos você tem agora?"
"Quarenta e três."
"As coisas iam bem entre vocês?"
O marido refletiu um pouco. "Não." Passado um instante ele disse novamente: "Não".
"Esse é maluco mesmo", disse o pai.
"Ele está na televisão", observou o marido.
"O que houve? Qual era o problema?" perguntou a mãe.
"*Ach*."
"E agora?"
"Esperar mais um pouco?", disse o marido.
"E depois da espera?"
"Talvez procurar a polícia. Posso perguntar ao agente que fez a minha audiência o que mais podemos fazer."
"Você ainda se encontra com ele?"
"Depois da audiência, fomos tomar uma cerveja."
"Por quê?"
"Nenhum motivo especial. Era um cara simpático."
"Ele devia era ter posto você na cadeia."
"Não foi preciso chegar a tanto."
"Policiais também são cidadãos comuns", comentou o pai.
"E o que você entende disso?", rebateu a sogra.
"*Ach*, mulher."
O marido não pôde deixar de notar quanto aquilo soou carinhoso.
A mãe bebeu um último gole de vinho. "Prefiro mesmo uma xícara de chá", disse ela.

23

Tinha acabado o pão. A torta, ela jogara fora, não sentia mais nenhuma vontade de comer. Decidiu não ir mais de carro até Waunfawr, queria ver se haveria condições de seguir uma daquelas linhas verdes pontilhadas. Convertendo os símbolos de um mapa em duas dimensões em trilhas, colinas, casas e campos reais. Calçou as botas de caminhada, pegou uma mochila e trancou a porta da frente com a chave. Na calçadinha em frente a casa, desanimou: o arame que tinha estendido ainda estava lá, assim como a fileira de estacas de bambu. Teria de transportar muita ardósia. Virou no canto da casa e seguiu pela estradinha da entrada, passando pelo pasto dos gansos. Cinco estavam junto à cerca. Fez como se nem visse as aves. As cabeças curiosas, o grasnado fraco, o rastejar expectante. Cinco.

Atravessou o quebra-corpo desobstruído com o mapa na mão. A linha verde pontilhada indicava que ela não deveria seguir pela estradinha em sua propriedade. Os vestígios da trilha desapareciam em meio ao capim alto. Com os ombros encolhidos, atravessou distraidamente o campo e chegou a uma cerca com um passador. Subiu, passando por cima da cerca, e pensou em dobrar à esquerda. Ali ficava a casa dos vizinhos e aparentemente, ela teria de passar bem perto. Uma porta parecia estar aberta. Hesitou e olhou de novo atentamente para o mapa antes de se virar, como se fosse simplesmente uma andarilha que se enganara. De novo, passou pela cerca subindo e descendo rapidamente os degraus do passador, atravessou o trecho com o capim alto e foi pela estradinha em direção ao caminho estreito. Algumas centenas de metros adiante, retomou uma grande linha pontilhada, na verdade indicada por plaquinhas com o homenzinho caminhando. Quando, após uma caminhada que lhe pareceu interminável, chegou à padaria, viu no relógio que eram quinze para uma.

"A pé?", perguntou o padeiro.

"Sim." Ela estava sem fôlego.

"É um trechinho de nada, não é?"

"É, é rapidinho", respondeu ela.

"Nós fechamos à uma hora. Só para você saber, para a próxima vez. Awen!"

A esposa do padeiro veio da cozinha. "Ah, olá querida", disse ela. "Gostou da torta?"

"Estava boa. Rhys Jones também experimentou."

"Rhys Jones", repetiu o padeiro.

"Ele adora as nossas tortas", disse Awen. "Você vai se fixar aqui permanentemente, querida?"

"Onde é que ele mora, afinal?"

"No pé da montanha. Para aquele lado." O padeiro fez um gesto indicando além da parede. "No fim de outubro, ele leva suas ovelhas para o terreno da viúva Evans."

"Vocês têm clientes suficientes?" Ela ficou com calor, deu um passo para o lado sob o pretexto de olhar alguma coisa na vitrine.

"Sua esposa faleceu, tudo muito trágico, e se ainda fosse viva, jamais o deixaria comer tanta torta", disse a esposa do padeiro.

"Ainda dá para nos mantermos." O padeiro olhou para sua mulher. "Enquanto as pessoas ainda não compram seu pão no Tesco…"

"O aquecimento naquela casa é eficiente?", perguntou Awen.

"É ótimo", respondeu ela.

"Você não acha a casa muito solitária e isolada?"

"Não, está tudo bem assim. Tem gansos. Além de um monte de ovelhas."

"Você está sozinha? Nada de marido?"

"A viúva Evans também vinha comprar pão aqui, até seus últimos dias", falou bem alto o padeiro, como se quisesse calar sua esposa.

"Você deveria comprar um cachorro", disse Awen.

"O que você queria?", perguntou o padeiro.

Ela queria perguntar como e quando a viúva Evans havia falecido, mas o casal de padeiros do outro lado do balcão olhava para ela com tanta expectativa e interesse que ela pediu dois pães e dois pacotes de biscoito.

"Até logo", disse ela, enquanto acomodava as compras na mochila.

"Até que o pão acabe", disse o padeiro. "Daqui a poucos dias, já teremos Christmas pudding."

"Um cachorro", gritou para ela a mulher do padeiro. "Eles são amigos de verdade."

Fechou a porta da padaria e olhou para o céu. Estava cinzento. Cinzento e escuro, mas não chovia. Olhou em direção ao Monte Snowdon e se lembrou de que deveria manter a montanha à sua esquerda. Olhou rapidamente para trás quando saiu da calçada. O padeiro sem nome e sua esposa, Awen, estavam olhando para ela, que não saíra do lugar. Não acenavam, observavam.

Não pegou exatamente o mesmo caminho de volta; em quase todos os pontos em que algo tinha dado errado na vinda, dessa vez ocorreu tudo bem. Ou quase. Em algum lugar ela errou de novo e demorou até perceber que estava seguindo outra linha pontilhada. Tudo era meio igual, as cercas vivas de arbustos espinhosos, os carvalhos troncudos, a relva, os cochos de metal, o agitado chilrear dos pássaros. Isso, ela achou estranho, pois era fim de novembro e as aves cantavam como se fosse primavera. Por acaso chegou ao entroncamento de onde havia avistado a montanha pela primeira vez, e como sabia onde estava — a partir dali nem precisaria mais do mapa —, sentou-se encostada a uma cerca de madeira. Tirou um pacote de biscoitos da mochila e comeu a metade, aproveitando o momento para examinar bem a montanha. Apesar do tempo cinzento, o local era coberto de diversas cores: marrom, ocre, verde, até algo meio roxo. Não parecia uma montanha difícil, ela achou.

Parecia já estar escurecendo quando partiu em direção à estradinha. No caminho, teve de se segurar em uma árvore. Só conseguia ficar curvada; quando se endireitava, não suportava a dor. Encolhida, era como se as pontadas imprecisas se espalhassem um pouco, o que as tornava mais suportáveis. Não conseguia definir bem onde era exatamente, a dor alfinetava e molestava até suas pernas e seus braços. Esfregou o ventre e os braços, pôs as mãos na testa por um instante e ficou pensando em seu tio. Um pouco mais tarde, caminhando de novo, lentamente, viu Emily Dickinson à sua frente, andando por seu jardim outonal, um primeiro verso em mente — *O murmúrio das abelhas cessou* — e ocupada em imaginar como poderia continuar o poema. Não, Dickinson nunca fora picada por uma abelha.

24

Na manhã seguinte, dedicou bastante tempo ao café da manhã. Tinha deixado a alimentação de lado, frequentemente pulava o jantar. Beber, ela bebia em abundância. O relógio marcava nove e meia. Quando tudo estava quieto na casa, podia ouvir seu tique-taque; um tique-taque agudo, nervoso. Não queria isso, não queria marcação de tempo na cozinha. Queria parar o relógio, mas só a ideia de pegar uma cadeira para subir agora a deixava cansada e indisposta. Parar, não só para não pensar mais no tempo, mas também para incomodar aquele grosseiro criador de ovelhas. Pensava muito em Rhys Jones, e aí ficava inquieta.

Tinha feito o melhor possível para ajeitar a sala de estar e os quartos do andar de cima; a cozinha estava como a viúva Evans havia deixado. Perto da pia e dos armários, cheirava a velha, um cheiro no qual, nas semanas em que morava ali, se deixou envolver aos poucos. Até a antiga máquina de lavar roupa parecia estar embebida nesse cheiro. Quando lavava roupa, que em geral pendurava para secar num varal na abertura da escada, um ar bolorento já se entranhara no perfume fresco do sabão em pó. No dia anterior, na padaria, ela estava com o cheiro da velha, possivelmente porque tinha transpirado na caminhada, e dera um passo para o lado para não ver a si mesma no espelho estreito da parede atrás da prateleira de pães, com receio de ver outra pessoa, como acontecera um tempo atrás na vidraça do escritório, quando se viu transformada em voyeur.

Preparou café, espumou o leite, cortou duas fatias de pão e passou manteiga salgada. Em uma fatia, passou geleia de groselha preta; na outra, pôs queijo. Foi se sentar e obrigou-se a comer e beber tudo. Olhou para fora, viu que a trepadeira, contra um céu limpo, azul, ficava cada vez mais transparente, pôs uma mecha de cabelo para trás da orelha e perguntou-se se não deveria ir ao cabeleireiro. Após lavar o prato e a xícara de café, subiu a escada. A agenda estava sobre a mesa do escritório. Ela a abriu, olhou as datas, contou a partir de um dia que tinha certeza de saber qual era e rasgou uma pontinha perfurada. Era sexta-feira, 27 de novembro.

Parou o carro no estacionamento vazio ao lado do castelo e entrou na cidadezinha. Na ruela com relógio no arco, na antiga muralha da cidade — o enésimo relógio —, ela encontrou um salão de cabeleireiro. Ficava entre o consultório médico e a farmácia, não tinha reparado nele da outra vez. Se não fosse dia 27 de novembro, se essa fosse uma estadia normal, isso teria lhe agradado: entrar diretamente num cabeleireiro numa cidade estranha, como se fosse a coisa mais natural do mundo, como se cortasse seu cabelo ali todos os meses. Agora a luz do sol que se refletia na vitrine era intensa demais para seus olhos, e ela sentia o pão como uma bola de cimento em seu estômago. Também tinha a sensação de que ia se entregar, quase se render a um carrasco de mãos macias. E ela ainda nem tinha entrado.

Havia um único cliente, o médico. Estava fumando e, no cinzeiro ao lado do espelho, queimava um segundo cigarro.

"Olá, querida", saudou a cabeleireira. "Fique à vontade, estou terminando este senhor, não vai demorar."

"Ah, a mulher dos texugos", disse o médico. Tudo o que despontava pela capa de cabeleireiro azul-cobalto parecia um passarinho recém-saído do ovo. Ele a olhou pelo espelho.

"O que você disse?", perguntou a cabeleireira.

"A senhora dos texugos. Ela foi mordida no pé por um texugo."

"Não! Não pode ser."

"Foi o que eu também falei, mas foi o que aconteceu."

"Como isso é possível?"

"Ela se deitou descalça numa pedra grande."

"Sério?"

"Sim."

A cabeleireira parou de trabalhar, ficou um instante com as mãos segurando o pente e a tesoura. "Na verdade, eu só vejo texugos mortos. Na estrada." Ela pegou o cigarro no cinzeiro e tragou tão fundo que dava para ver os tendões de seu pescoço. Abanou com uma das mãos a fumaça que soprou.

"Eu também. São animais burros, que pensam que a noite é só deles e acabam não prestando atenção em mais nada."

"Será que é isso?"

"Não sei. Morei aqui durante toda a minha vida e nunca vi um texugo vivo. Talvez você deva perguntar à holandesa."

O médico e a cabeleireira agora olhavam para ela pelo espelho. O pequeno salão estava coberto de fumaça. Felizmente, já tinha pego uma revista numa mesinha — atordoada por ser objeto da conversa deles daquela forma — e começou a folhear aleatoriamente. Ninguém tinha realmente lhe perguntado nada, portanto ela não precisava responder. Tentava se concentrar num artigo sobre como fazer um arranjo de abóboras num pórtico, enquanto o médico discorria, em detalhes, sobre as queixas de seus pacientes. Estranhamente, ele conversava com a cabeleireira como uma igual, como se ela fosse uma velha amiga. Duas mulheres falando sobre a vida cotidiana. A cabeleireira continuou o corte, matraqueando um comentário de vez em quando, até que, com um gesto amplo, retirou a capa e disse "Feito!". O médico levantou-se da cadeira e agradeceu. A cabeleireira não fez menção de andar até o caixa.

Quando ele se postou diante dela, acendeu um cigarro. "Você vai passar de novo lá?", sondou ele.

"Por quê?", perguntou ela.

"Daí posso olhar a ferida. Entre outras coisas."

"Não me parece necessário." Teimosa, ela continuou olhando fixamente para a foto de uma abóbora enorme.

"Como você preferir", disse o médico. "Como você preferir." E foi embora.

"Venha, sente-se aqui", disse a cabeleireira. "Vamos primeiro lavar bem seu cabelo."

A mulher tinha mãos macias, que massageavam e acariciavam. A água estava na temperatura perfeita, o xampu tinha um perfume gostoso. Por ela, o corte poderia ficar para depois.

"Quanto você quer cortar?", perguntou a cabeleireira.
"Só as pontas?"
"Curto, por favor. Prático."
"Aquele texugo. Era verdade mesmo?"
"Sim", respondeu ela. "E texugos também aparecem durante o dia." Não se falou mais nada durante a lavagem do cabelo. Quinze minutos depois, tinha a impressão de ainda sentir o cheiro da viúva Evans, apesar do xampu. Olhou-se no espelho — o pescoço totalmente livre de cabelos, o rosto pálido, os olhos escuros — e soube que iria dizer alguma coisa que nunca dissera antes. "A senhora poderia virar para mim?"
"O quê?"
"Virar. A cadeira."
"Mas por quê?"
"Porque eu...", não sabia como explicar.
"Mas assim não vai poder ver o que estou fazendo", disse a cabeleireira.
"Confio na senhora, sei que fará muito bem. Gosto de me surpreender."
"Ninguém nunca me pediu isso antes." Quinze minutos depois, estava terminado; nenhum novo cliente tinha entrado no salão. Com um secador de cabelos, a cabeleireira secou o gel que pusera em seu cabelo, arrumando o penteado

com movimentos bruscos dos dedos. O cigarro se queimou por inteiro.

Ela se levantou e não se virou para o espelho antes de ir até o pequeno balcão onde ficava o caixa.

"Não quer ver?"

"Não. Quero que seja uma surpresa mesmo."

A cabeleireira a olhou, abriu a boca, talvez para perguntar se isso por acaso era costume na Holanda.

"Gosto de surpresas", disse ela.

Profundamente ofendida, a cabeleireira fechou a boca e digitou um valor na antiga caixa registradora, que tilintava alto.

Ela pagou, deu um tchau em tom gentil e saiu do salão, deixando a porta encostada. Um pouco mais adiante, olhou para trás e viu a cabeleireira em frente ao salão, com uma mão na axila, o antebraço sob os seios, um cigarro na outra mão, olhando fixamente para a perfumaria do outro lado da rua, o cabelo dela descolorido parecia sem vida na nuvem de fumaça iluminada pelo sol, que subia bem devagar. Ela se segurou nas ruelas estreitas e no estacionamento, embora mal houvesse pessoas na rua. Só quando entrou no carro e se viu como um animalzinho assustado no retrovisor, começou a chorar.

25

Verificou o estoque de lenha no estábulo, examinando e calculando, e decidiu que não acenderia as lareiras em mais de um cômodo ao mesmo tempo. Assim, seria suficiente. Além disso, se a madeira acabasse, sempre poderia se sentar ao lado do grande fogão a óleo na cozinha.

Assim como na véspera, o sol brilhava e a fumaça de seu cigarro subia, como a fumaça da cabeleireira, em linha reta para o alto. Encostou-se numa parede clara do estábulo, sentiu o calor em suas costas através da camisola, mas sua nuca estava fria. Sua cabeça estava leve, como se tivesse cortado quilos de cabelo. Fumava de olhos fechados.

Ali estava ela, sem nenhum compromisso, sem nenhuma obrigação. Pensou nos gansos e no arame ao longo da calçadinha e lembrou-se do compromisso que ela firmara consigo — comprar pão na padaria de Waunfawr — e então teve a sensação de que tudo estava demais. Jogou o cigarro no gramado e entrou na casa, onde limpou os restos de cascalho da sola dos pés descalços no capacho atrás da porta da frente. Vestiu-se, pôs uma toalha na mochila e saiu. Na sua própria trilha. Atravessando o riacho, passando pelo pequeno bosque de árvores antiquíssimas, o caminho cada vez mais claro, a cerca limpa. O cantar de pássaros que ela não reconhecia, nunca conhecera, um esquilo. Passou no meio do círculo de pedras, indo para o pequeno dique no terreno pantanoso. O mapa tinha ficado em casa, sobre a mesa. Mais além da parte alagadiça, atrás de uma cerca de arame, pastavam bois pretos de pelo longo e chifres grandes. Junto à cerca, um passador; ela teria de cruzar o campo onde estavam os animais. Sem hesitar, subiu o degrau do passador e não olhou para os bois. Se eu fizer de conta que eles não existem, também não vão reparar em mim, pensou. Tinha a impressão de que o caminho continuava ao longo da mata e, se fosse preciso, poderia se enfiar, por segurança, em meio aos arbusto cerrados. Por toda a parte, os campos ondulantes. Depois de cinquenta passos, ao olhar para trás, já não reconhecia mais nada. Teve sorte, um quebra-corpo indicava que tinha pego a direção correta. Deixou os bois pretos para trás. O terreno descia, viu a água à sua frente.

As árvores estavam quase completamente desfolhadas ali, o pasto comido e amarelado, aqui e ali um amontoado de cardos. Havia uma pedra na margem, uma daquelas que, no mapa, eram indicadas como *standing stones;* no caso desta, ela tinha a impressão de que fora colocada ali por um agricultor, com a ajuda de maquinário pesado. Quando caminhou ao redor do grande lago, viu bordas de cimento e uma casinha de alvenaria na qual escutou água fluindo, mas não conseguia ver de onde isso vinha. Isso confirmou sua ideia de que o lago era artificial, que devia ser um tipo de represa. Atrás da casa, terminava uma estrada de asfalto. A imagem que lhe veio à mente foi a de uma bandeja de prata recém-polida, de tão lisa e cintilante a água era à sua frente. Viscosa e brilhante, não parecia fria. Num lugar onde pôde deixar sua roupa sobre uma rocha, despiu-se. Quebrou o espelho d'água mergulhando o pé com a cicatriz. Estava fria, sim, mas não o suficiente para assustá-la. O fundo, depois de uma fina cama de lama, parecia muito duro. O lago era um enorme tanque de concreto e havia sido limpo não muito tempo atrás. Foi andando o mais devagar possível até o centro e lá — a água lhe chegava até a cintura — ficou parada até que a água ficasse de novo lisa e cintilante. Podia ver os dedos dos pés e os joelhos, minúsculas bolhas de ar em cada pentelho, uma estranha refração da luz na altura de sua barriga e de seus antebraços, como se a parte de baixo do corpo fosse de outra pessoa, não encaixasse bem. Olhou ao redor e, sim, em uma margem, ali, não havia começo nem fim. Um círculo. Talvez não tivesse ficado com frio porque não havia nenhum sopro de vento, o que permitia que até o sol fraquinho aquecesse a parte superior do corpo, e porque continuava a sentir a água como se fosse viscosa, lenta, pesada. Estava em pé e continuou em pé, e entendeu perfeitamente por que o tio dela fora tão hesitante no laguinho do hotel: o próprio lugar lhe havia roubado de qualquer escolha. Só quando viu que estava arrepiada ao redor dos mamilos, foi andando de volta para a margem. Tinha visto o passar do tempo na rotação das sombras das árvores altas, a chegada de um cardume de peixinhos muito pequenos perto de seus pés, e a partida deles, e a aparição de cinco ovelhas junto à pedra, em pé. Era isso o que Dickinson havia feito por quase toda a sua vida adulta? Tentado suspender o tempo, tornando-o suportável, e menos solitário, ao aprisioná-lo em centenas de poemas? E não apenas o tempo, mas também o AMOR e a VIDA e até a NATUREZA. Não importava, pensou. Não importava mais e, de qualquer forma, essas separações nem eram uma ideia de Dickinson. Enxugou-se e se vestiu. Quando partiu, a água ainda estava marcada pelas ondulações.

Os bois pretos tinham ido embora, ao menos não eram mais visíveis do caminho junto à mata. Quando chegou ao pequeno dique, pensou que essa trilha certamente havia sido usada no passado, ou não teriam colocado as plaquinhas com o homenzinho caminhando, os quebra-corpos e os passadores. E não importa quão natural ela achasse o estado de abandono atual do lugar, de vez em quando alguns transeuntes deveriam passar por lá, talvez eles já tivessem passado enquanto estava deitada no divã do escritório ou no salão de cabeleireiro ou ainda fazendo compras no Tesco. Fumou um cigarro na maior rocha do círculo de pedras e esperou até que o texugo — ela partia do princípio de que era sempre o mesmo, o texugo macho que a mordera no pé — saísse de baixo do arbusto. Como da outra vez, ele olhou para ela, sem intenção de deixar completamente seu esconderijo. Talvez tivesse uma lembrança do galho que ela partira em suas costas.

26

Depois de atracar em Hull, havia encontrado quatro caixas automáticos diferentes e tinha sacado uma grande quantia de dinheiro usando seu cartão normal do banco e o cartão de crédito. Ainda se sentia enjoada, o barco noturno tinha sacudido e golpeado, e ela se sentira tão mal que havia decidido nunca mais viajar num navio grande daqueles. Mesmo assim, estava suficientemente lúcida para pegar bastante dinheiro, como se soubesse e quisesse evitar que uma transação pudesse ser rastreada. Começou a dirigir, escolhendo as estradas principais. Bradford, Manchester, Chester. Tinha em mente a Irlanda. Em um restaurante de estrada, o *Little Chef*, teve de prender melhor a lona que cobria as coisas no reboque. "Coisas", era assim que pensava nelas. O colchão de solteiro, a mesinha de apoio, objetos que havia juntado meio ao acaso. Mesmo antes de chegar a Gales, Holyhead já aparecia nas placas, chegaria lá se continuasse pela A55. Abasteceu e, antes de se dar conta, pagou com o cartão de crédito. Em Bangor, a chuva finalmente passou e, no momento em que foi para a Britannia Bridge em direção a Anglesey, lembrou-se da travessia. Não, de novo um pesadelo daqueles, não. O estreito entre a terra firme e Anglesey estava lindo sob o sol úmido: as margens íngremes e arborizadas, as duas pontes antigas, grandes pássaros brancos na lama salgada, uma ilhazinha com uma casinha branca. Deu meia-volta e foi procurar um Bed & Breakfast. No dia seguinte, acabou chegando ao agente imobiliário, "amigo" de Rhys Jones, que disse ter a propriedade perfeita para ela, quase completamente mobiliada e com contrato trimestral de aluguel. Uma típica casa de campo galesa. Foram dar uma olhada com o carro dele e ele a levou para uma visita guiada, na qual indicou o estábulo de suínos com um gesto desatento dizendo "Chiqueiro". Após uma segunda noite no Bed & Breakfast, ela se mudou. Ele nunca mencionou os gansos e ela não os havia notado. Pagou até 1º de janeiro e ainda tinha dinheiro mais que suficiente.

Estava usando o carrinho de mão para transportar metade da carga dos cascalhos de ardósia do monte para a calçadinha, bem tranquilamente. Sempre que virava no canto da casa com o carrinho vazio, os gansos começavam a grasnar baixinho. Era quase insuportável e, para encobrir aquele som, começou a cavar e carregar o carrinho de ardósia ainda mais rápido. Depois de algumas cargas, enchia apenas um quarto do carrinho. Tinha removido o arame e as estacas de bambu, e jogado o cascalho entre os grossos galhos de amieiro, usando o ancinho enferrujado para espalhá-los. Quando terminou, arrastou uma cadeira para perto do fogão, bebeu um copo de leite, comeu pão, fumou um cigarro e pensou que, se quisesse se sentir como uma verdadeira jardineira, tinha de enrolar seu próprio tabaco. À tarde, usando uma faca, arrancou as ervas daninhas do meio do caminho de ardósia, com o capacho da porta sob os joelhos. Foi caminhando lentamente do canto do estábulo até o canto com o bambuzal e o tanque de óleo, chegando, por fim, ao riacho, onde pôs o capacho — no qual estava escrito BEM-VINDO — como almofada. No tempo que levou para se arrastar sobre os cascalhos como um aspirador de folhas humano, não havia pensado conscientemente em nada, tudo passava por sua cabeça e desaparecia de novo. Agora estava sentado com as pernas pendendo na margem íngreme do riacho e olhava fixamente para o rápido fluxo da água, que nesse ponto tinha uma ligeira queda. Na inclinação da margem do outro lado, a pouco mais de um metro de distância, cresciam diferentes espécies de folhagens e todo o tipo de plantinhas das quais ela não sabia o nome. Uma árvore caída havia muito tempo se transformara numa pequena ponte coberta de musgo. Achou difícil se afastar da água, o fluxo e a efervescência eram hipnotizantes, sem-fim. Esse riacho nascia na montanha?

    Naquela noite, ficou olhando para o fogo na lareira como olhara à tarde para a água. Tinha acendido velas e posto no beiral da janela. Sentia uma dor chata nas costas. Antes de entrar na banheira com patas de leão, comeu pão, com queijo e compota de cebola. Cozinhar parecia trabalho demais, legumes e frutas eram saudáveis, mas isso naturalmente só era válido para pessoas que eram saudáveis. Ela sempre tivera alguma dificuldade com carne. Que diabos devia fazer com o cordeiro que Rhys Jones tinha ameaçado dar a ela? Ficou pensando nisso enquanto estava na água quente, e também ficou refletindo sobre o jardim. Podia não saber produzir um esboço, mas, em sua imaginação, as trilhas já estavam colocadas, havia canteiros floridos e até roseiras em arco. Agora ela olhava para o fogo, sem realmente vê-lo. Estava quente, havia luz; com as almofadas, o divã era um ótimo lugar para se deitar. Não se vestira depois do banho, estava sob uma coberta leve. Uma taça de vinho na mesinha de apoio, onde também estavam O vento nos salgueiros e os livros não lidos.

    Havia algo doce e parecido com especiarias no aroma da madeira que queimava, lembrava os *borstplaat* e as *speculaas* que sua avó costumava fazer e levar até o apartamento deles na Rustenburgerstraat; a batida à porta, quando são Nicolau deixava um saco cheio de presentes, o olhar através da vidraça embaçada para a rua, onde, de preferência, o tempo deveria estar ruim, a surpresa de ver pessoas caminhando na calçada, com alguma sorte um ajudante de são Nicolau passando de bicicleta; saber que lá fora estava frio e úmido, enquanto dento, estava aquecido; chocolate quente e presentes, o cheirinho especial e o leve ruído de papel desembrulhando; a risada dos adultos numa sala de estar pouco iluminada; repassar sua própria listinha de desejos, às vezes riscando com um lápis os presentes que ganhara; saber que tudo estaria terminado no momento em que a luz fluorescente se acendesse na cozinha; o som de passos na escada quando ela já estava na cama; a sensação de vazio no dia 6 de dezembro. Sempre aquela saudade. Talvez houvesse outra palavra para aquilo. Possivelmente "nostalgia" fosse melhor, tinha mais a ver com um tempo do que com um lugar.

Os gansos começaram a grasnar alto. Preciso de um aparelho de som, pensou ao se levantar com algum esforço. Desceu rapidamente a escada, acendeu a lâmpada de fora e correu pela calçadinha na direção da lateral da casa. "Ei!", gritou. "Saiam daqui!" Pegou um monte de cascalhos e jogou em direção ao campo dos gansos, que não era mais que uma superfície escura. "Vão embora! Vão embora!" Mais uma mão de pedrinhas. "Ei!" Uma única pedrinha rolou, mas seu ruído foi rapidamente abafado pelo som do riacho. Os gansos estavam quietos. Ajoelhou-se e olhou para o céu. Nunca tinha visto tantas estrelas antes. Também nunca antes olhara para elas nua e de joelhos no fim de novembro.

Dezembro

27

Ao arrumar a garagem, o marido deixou uma caixa de papelão cair no pé. Na caixa, havia livros e papéis que pertenciam à sua mulher. *Ano letivo 2003-2004*, era o que estava escrito. Estava tentando colocá-la numa prateleira, um pouco acima de seu alcance, quando um pedaço de fita isolante soltou, o que o levou a perder o controle e deixar a caixa cair. A caixa o atingiu bem no peito e aterrissou no seu pé esquerdo. Estava de chinelos. Conseguiu chegar ao final do dia, era domingo, 6 de dezembro, pegando leve com o pé e parando a arrumação, passando a tarde inteira sentado diante da TV com uma taça de vinho tinto na mão: esporte e mais esporte. Na manhã seguinte o pé estava roxo-amarelado, tão inchado que os dedos menores quase não podiam ser reconhecidos como entidades separadas. Depois de ter procurado o número na agenda, ligou para o consultório de seu médico. Podia ser atendido imediatamente, mas primeiro tinha de procurar o endereço na internet. Calçou um tênis sem amarrar os cadarços e tentou mudar de marcha o menos possível; apertar o pedal da embreagem era uma tortura. Não seria possível treinar por algum tempo, constatou. Manter o carro na terceira marcha não foi nenhum grande problema, pois o caminho de sua casa até o médico ficava dentro dos limites de seu próprio bairro. Durante o trajeto, ligou para o trabalho e, por uma questão de prudência, falou para eles que temia que aquilo fosse levar o dia todo. Achava muito difícil acreditar que nada tivesse se quebrado.

Ao chegar, não reconheceu a médica — tinha certeza que seu médico era um homem. Ela lhe deu um firme aperto de mão, disse seu nome e foi logo se sentar, parcialmente escondida atrás de uma tela de computador.

"Teste de fertilidade", disse ela. "Pedido em novembro do ano passado."

"Eh, sim", concordou ele.

"Realizado no hospital da VU."

"Isso é um teste?" perguntou ele.

"Desculpe?"

"O que a senhora está fazendo?"

"Estou lendo a informação que tenho aqui."

"Caiu uma caixa no meu pé. Uma caixa muito pesada."

"Sim, claro."

"Desculpe?"

"Quero dizer..."Quem é a senhora, afinal?"

"Acabei de lhe dizer o meu nome."

"Eu escutei, e não é o nome do meu médico."

"Desde o 1º de janeiro, isso aqui passou a ser uma clínica. O que significa que vários médicos..."

"Eu sei o que é uma clínica."

"Seu pé, o senhor dizia."

"É." Ele tirou o sapato e a meia.

"Venha se sentar aqui, na maca de atendimento."

Enquanto a médica examinava o pé, e não o fazia de maneira muito delicada, ele tentou ler a tela do computador, por cima da cabeça dela. A maca de atendimento estava longe demais da escrivaninha. Tenho de baixar o tom, pensou. Um pouco mais tarde, estava de novo sentado diante dela. Ela anotou um encaminhamento para um especialista.

"De novo na VU?", perguntou ela.

"Sim", respondeu ele. "É o mais fácil."
"Acho que é uma contusão grave, mas não tenho olhos de raios x."
"Não", disse ele.
Ela lhe deu a carta de encaminhamento. "O senhor pode ir imediatamente para lá."
"Aqueles dados", comentou ele.
"Sim?"
"São só meus ou são de nós dois... juntos?"
A médica olhou para a tela. "De todas as pessoas que moram no seu endereço. Então, também tenho aqui que sua esposa, ou namorada, assim como o senhor, fez um teste de fertilidade."
"Sim, claro", concordou ele.
Ela olhou com atenção para a tela, digitou algo, talvez só tenha usado a tecla seta, ele não conseguia ver direito. "Julho." Ela continuou lendo um pouco e depois olhou diretamente para ele. "Como ela está agora? No meio do tratamento?"
"Vai indo", respondeu ele.
"Não acontece com frequência que se encontre alguma outra coisa em um exame de fertilidade. Eles não prestam atenção nisso."
"Não", disse ele. Continue falando, pensou ele. Por favor, continue falando.
Ela continuou olhando fixamente para ele. "Acho que o senhor não faz a menor ideia do que estou falando, não?"
"Não. É."
"Sinto muito, mas não posso dizer mais nada. Acho que já falei demais."
"Ela é minha esposa!", exclamou ele.
"Sim, é exatamente o que torna isso tão peculiar. Que o senhor não saiba de nada."

28

Neblina. O mundo estava parado. Quase não havia ruído, até a corrente do riacho soava como se a água tivesse passado por uma peneira de gaze. Mesmo assim, foi trabalhar no jardim. A poda daquele amieiro, que não havia terminado, agora estava pronta, num segundo já tinha cortado alguns galhos grossos. Começou a trabalhar bem tranquila. Quando sentia que estava cansada, descia com cuidado da cadeira e ia para dentro se sentar um pouco perto do fogão. Só depois de tomar um chá, comer alguma coisa e fumar um cigarro, voltava para fora. Cortou os ramos laterais dos galhos e os colocou numa pilha encostada no muro do jardim, na parte mais estreita do gramado. Com um tempo assim, Dickinson estaria sentada em casa tossindo e suspirando, ela pensou, escrevendo sobre dias suaves de primavera e a primeira abelha. Serrar ficava cada vez mais fácil, agora que ela conseguira entender que devia deixar a serra fazer o trabalho. A luz no estábulo estava acesa, a porta aberta; parecia quente, a luz difundida pela névoa a fez pensar em asnos, bois e uma manjedoura. Continue serrando assim, pensou. Bem tranquila, num mundinho pequeno, com ruídos abafados. Enquanto estava ocupada lá fora, via a mesa da cozinha à sua frente, com o mapa em cima e uma nova tentativa de projeto para o jardim, o que a fez pensar na segunda-feira e em ir de carro até uma loja em Caernarfon na qual pudesse comprar lápis de cor. E a outra loja onde queria comprar uma televisão: as noites estavam ficando muito longas e queria estar na posição de esvaziar a cabeça assistindo a um programa sobre jardinagem ou antiguidades, ou àquela série da BBC sobre pessoas que tentam se mudar da cidade para o campo — e, para isso, pedem a ajuda do apresentador do programa.

Quando foi andando com o enésimo ramo até o muro do jardim, alguém pulou a mureta, num redemoinho de ar úmido. O salto lhe pareceu lento, talvez por causa da mochila grande que o homem usava. Ele aterrissou na pilha de galhos, perdeu o equilíbrio e escorregou para o lado. Isso também pareceu mais lento que o normal, fez com que pensasse num ginasta fazendo um exercício de solo. Ele se levantou e apertou o pulso esquerdo. Ela ficou parada.

"Oh", disse ele. Não era um homem, era mais um garoto.

"Você se machucou?", perguntou ela.

"Não, acho que não", respondeu ele. "Pelo menos…"

Ela deixou o galho deslizar de sua mão e foi em direção a ele.

"Bradwen", apresentou-se ele.

"O que disse?"

"É meu nome." Ele estendeu a mão.

Ela apertou a mão dele. "Emilie."

"Este é o seu jardim?"

"É."

"Você é alemã?"

"O que vocês têm? Ninguém aqui consegue reconhecer a diferença entre alemão e holandês?"

"Sorry." Ele enrolava o r.

"Não tem importância. Mas é estranho." Ele ainda segurava a mão dela. Usava gorro e era estrábico. Não muito, só levemente, mas o bastante para confundir. "Seu pulso está doendo?"

"Sim."

Ela retirou sua mão da dele. "Quer se sentar um pouco?"

"Sim."

"Entre, então. Vou fazer café."

"Sam!", gritou o jovem.

Um cachorro pulou a mureta e, como seu dono, caiu

sobre a pilha de galhos, e, também como ele, escorregou. Levantou se debatendo.

"Um cachorro", disse ela.

"Sam", falou o jovem. "É meu companheiro."

"Oi, Sam", falou ela.

O cão farejou e lambeu a mão que ela havia estendido.

"Ele gosta de você", disse o rapaz.

Ela pegou o animal por baixo da mandíbula e olhou em seus olhos. "Eu também gosto dele." O cachorro livrou sua cabeça.

"Que bom", comentou o jovem.

"Café", disse ela.

O rapaz tinha posto sua mochila embaixo do relógio e tirado o gorro da cabeça, revelando cabelos grossos e pretos. Ele não passou a mão. Entre eles, o cachorro estava deitado no chão, encostado ao fogão, e de vez em quando arquejava, satisfeito. Ela havia preparado café e acendido algumas velas que estavam no beiral da janela, sobre o balcão da pia. O sol já estava baixo. Os dias eram assustadoramente curtos. Havia cortado uma fatia de pão e preparado um sanduíche de queijo para o jovem. "Obrigado, Emily", falou ele quando ela colocou o prato na mesa. Tanto faz, pensou ela, ao ouvir o nome. Ele logo vai embora. Agora ele tinha terminado o pão e bebido uma segunda xícara de café. Ele não havia falado nada enquanto comia e bebia. Tirara suas botas de caminhada junto à porta da frente. Havia um cheiro adocicado na cozinha.

"Tenho que ir", disse ele. "Está escurecendo."

"Para onde você vai?"

"Um pouco mais adiante tem um Bed & Breakfast."

"A que distância?"

Ele alcançou sua mochila e pegou um mapa. Exatamente o mesmo mapa que ela havia tirado da mesa, dobrado e colocado sobre o balcão da pia. O dele estava mais usado, o papelão já estava amolecido. Ele o desdobrou e percorreu com o indicador. Tinha mãos vigorosas, com polegares largos, um pouco sujas.

"Umas três milhas."
"Até lá, estará muito escuro", disse ela.
"É", concordou ele.
"Eles sabem que você está indo?"
"Não, eu não liguei." Parou um instante para pensar. "Geralmente ligo por volta do meia-dia, depois de caminhar por algumas horas. Hoje, não. Não sei por quê."
"Se precisar, pode dormir aqui", ofereceu ela. "Se você quiser. Tem um divã no escritório."
O cachorro bocejou.
"Sam acha uma boa ideia", disse ele. "Ele está bem quentinho ali."
"Combinado."
"Você mora sozinha aqui?"
"Sim."
Enquanto ela cozinhava, o jovem tomava um banho de banheira. O cachorro tinha deixado seu lugar aquecido e, quando ela subiu de mansinho a escada, viu que ele estava deitado em frente à porta fechada do banheiro. Ele levantou a cabeça e olhou atento para ela. Ela balançou a cabeça e desceu de novo a escada. O cão veio atrás dela. Era estranho como o rapaz e o cachorro se integravam facilmente àquela casa. Colocou mais alguns pedaços de lenha na lareira da sala. Mexeu a sopa na panela. O cachorro foi se deitar junto ao fogão. Ela abriu uma garrafa de vinho tinto. O relógio fazia seu tique-taque nervoso, e os gansos grasnavam baixinho.

29

"Estou trabalhando para pôr uma nova trilha de longa distância no mapa", disse ele. "Estou pensando, na verdade. No sul, eles têm a trilha Pembrokeshire Coast. Agora querem uma trilha aqui no norte também. Tirou da mochila um caderninho de anotações. "Eu anoto tudo, tudo o que vejo, os pontos de referência. Às vezes o trabalho de um dia inteiro é perdido, porque chega a um porto sem saída." Tinha lavado o cabelo, estava bem diferente de antes. Era como se um brilho pairasse em torno de sua cabeça.

"Quanto tempo vai levar?"
"Não sei. Eu tenho todo o tempo do mundo."
"Como isso é possível?"
"Parei os estudos universitários. Não tinha mais nenhum interesse."
"Há quanto tempo você já está viajando?"
"Uma semana e meia."

Dera um punhado de ração para o cachorro, tirado de um saco plástico. Sam comeu tudo em um instante. Havia uma panela de sopa sobre a mesa. Pão, salada de beterraba, manteiga e queijo.

"Também tenho de conversar com os fazendeiros, pedir permissão. Fazendeiros e donos de casas. Na verdade, agora também estou trabalhando."

"A trilha tem quase meia milha na entrada da minha propriedade."

"Foi o que eu quis dizer."

Ela lhe serviu mais uma taça de vinho. Ele tinha bebido as duas primeiras taças avidamente, e agora começava imediatamente a beber de novo. "Está com medo de que alguma outra pessoa vá tomar tudo?", perguntou ela.

"Eu bebo o que você me serve."
"Quantos anos você tem, afinal?"
"Vinte."
"O que você estudava?"
"Esqueci, era chato."
"Você não quer dizer."
Ele tomou toda a sopa. Não levava a colher à boca, mas a cabeça ao prato. "Está gostosa."
"Como está o seu pulso?"
"Não tem nada."
"Quer mais?"
"Não, estou satisfeito." Ele se recostou, levantou os dois braços e se esticou, puxando com uma mão o outro pulso. Sua camiseta desbotada subiu. Tinha um buraco na axila esquerda. "Não que você possa se recusar, aliás", disse ele.
"O quê?"
"Não que você possa se recusar, de qualquer forma. Isso se chama direito a uma passagem. A trilha na qual caminhei hoje já existe. Também está no mapa. Você não pode impedir ninguém de caminhar por ela."
"Nunca vi ninguém caminhando por aqui. Sou a única que utiliza essa trilha."
"É, foi estranho hoje. A partir de determinado ponto, de repente a trilha estava ali, enquanto antes eu tinha ido na direção errada várias vezes."
"Eu caminho por ela para ir até o círculo de pedras."
"O círculo de pedras."
"Sim, você o atravessou."
"Não percebi nada."
"Porque tinha neblina."
"Eu aceitaria mais uma taça de vinho."
Ela teve de se levantar para pegar uma nova garrafa. O cão ficou imediatamente alerta. Estava quente na cozinha,

a janela estava embaçada. Sentiu de novo o cheiro da velha; abanou a cabeça para se livrar desse odor. O rapaz e o cachorro, especialmente o cachorro, também tinham seu cheiro e ela não tinha mais colocado a tampa na panela da sopa. Uma panela, aliás, que tinha pertencido à viúva Evans. Sacou a rolha da garrafa. "De onde você é?"

"Nasci em Llanberis. E você?"

"Roterdã."

"Não conheço."

"Eu também não conheço Llanberis." Ela tentou pronunciar o *ch* exatamente como ele.

Quando terminaram de tomar a segunda garrafa de vinho, tinha sido o suficiente para ela. Estava exausta, precisava de um paracetamol e queria tomar um banho de banheira, pois tinha ficado o tempo todo com suas roupas sujas, enquanto ele estava de banho tomado e roupas limpas. Ela o havia chamado deliberadamente de Bradwen algumas vezes, para se acostumar ao nome e, como se fosse uma resposta, ele a chamava sempre de Emily. Ou foi ao contrário? Será que ela tinha começado a chamar ele pelo nome porque ele sempre terminava suas frases com o nome dela? Ela tinha a sensação constante de que ele estava prestes a dizer algo importante, mesmo depois de ele ter começado a terminar as frases com "Emily", talvez porque ele olhasse pra ela com aquele olhar de estrábico, o que a fazia presumir mais do que se ele tivesse um olhar normal.

"Vou acender a lareira no seu quarto. Depois vou tomar um banho e vou pra cama."

"Está bem", disse ele.

"Tem livros lá. A maioria em inglês."

"Eu trouxe um livro comigo. Sam também pode dormir lá?"

"Por mim, sim. Vou pôr um tapete no chão para ele."
O cachorro já estava na passagem para a sala de estar.
"Ainda vou deixá-lo sair um pouco."
"Até amanhã de manhã."
"Durma bem", disse ele. Vestiu seu casaco e seguiu o cachorro. Quando a porta da frente se fechou, Sam latiu forte algumas vezes.

Ela subiu e acendeu a lareira. Olhou ao redor para ver se ainda havia alguma coisa para ser guardada e pegou uma coberta em seu quarto. "É", disse olhando para o retrato de Dickinson, depois de preparar o divã. "É, essa é outra história, logo mais." Depois foi para o banheiro e tirou dois paracetamóis de uma cartela. Em duas semanas, já tinha tomado quase todos os comprimidos das cinco caixinhas que comprara. A primeira coisa que fazia pela manhã era tomar um analgésico. Evitou se olhar no espelho, o que não foi difícil, pois estava embaçado com o vapor que vinha da banheira. Pouco depois, já estava mergulhada na água quente e não pensava em nada. Escutou o jovem e o cachorro subindo a escada. A porta do quarto de estudos foi fechada. O cachorro latiu, mas parou assim que o rapaz ordenou que ficasse quieto. "Não, não vai acontecer de novo, Emilie de Roterdã." Esfregou as duas mãos sobre o ventre, por vários minutos, e em seguida passou, quase surpresa, uma mão pelos cabelos, que estavam muito curtos.

30

Na manhã seguinte, ela se levantou bem cedo. A porta do escritório estava fechada, nenhum barulho na casa. Preparou café, pôs a mesa, colocando pela primeira vez uma toalha. O nevoeiro se dissipara durante a noite, brilhava um solzinho fraco. A visão de um amieiro podado pela metade a deixou imediatamente cansada. Ele iria embora, ela teria de dar conta sozinha. Sentou-se com as mãos ao lado do prato vazio. Em vez de vir do andar de cima, ele veio de fora, trazendo consigo cheiro de mato. O cachorro a saudou com entusiasmo. Ela ainda via no rapaz um ginasta, não um do tipo musculoso, pendurado nas argolas, não: um esguio, do tipo que tem a prova de solo como especialidade. Ele tirou o casaco e o pendurou no encosto da cadeira na qual se sentou, em frente a ela.

"Bom dia", cumprimentou ele.

"Bom dia", respondeu ela.

"Fui ao círculo de pedras. É autêntico. Este pedaço com certeza vai entrar na rota."

"Também existem falsos, então?"

"Claro. Algumas vezes quem mora no campo também não tem o que fazer."

"Viu algum texugo?"

"Não. Eles são animais noturnos. Sam também não farejou nada."

Tirou uma meia e passou o pé sob a mesa na direção dele.

"O que é isso?"

"Uma cicatriz."

"Sim, estou vendo. Como aconteceu?" Levou uma mão ao pé dela, e pela primeira vez desde a mordida, ela sentiu os dentes penetrando na carne. Pouco antes de realmente tocar seu pé, ele retirou a mão.

"Um texugo. Durante o dia."

"Não pode ser."

"Está querendo dizer que estou mentindo?"

Olhou para ela com os olhos estranhos, ligeiramente convergentes. Na véspera à noite estava pior, o estrabismo. Talvez por causa do vinho. "Não", disse ele.

Sua coxa começou a tremer, ela pôs o pé no chão e calçou a meia. Serviu o café. "Dormiu bem?"

"Sim. Com o som do riacho." Ele começou a comer. O cachorro estava ao lado de sua cadeira e o olhava continuamente, a cabeça um pouco inclinada. "Você já vai ganhar o seu, Sam."

Ele passou manteiga numa fatia de pão, pôs queijo e ficou olhando para ela. Ela engoliu em seco. "Você vai embora daqui a pouco?"

"Vou."

O café da manhã sempre ia bem. O jovem comia em silêncio, o cachorro olhava fixamente para o pão. Bradwen olhava alternadamente para o seu prato, para fora da janela e para o animal. Uma vez olhou rapidamente para o relógio. "Quero ir para Snowdon hoje", falou. "Você tem alguma sugestão?"

"Uma sugestão?"

"Qual é o caminho mais bonito?"

"Dá para andar até lá em um dia?"

"Tranquilamente. Não vou subir, vou até o sopé da montanha."

"Ainda não fui para aquele lado."

"Há quanto tempo você mora aqui?"

"Uns dois meses."

"É temporário?"

"Não. Para sempre."

"Uau." Ele tinha terminado de comer; esfregou as mãos, que apesar do banho da véspera à noite, ainda estavam um pouco sujas. "Agora você, Sam." Despejou alguns punhados de ração para cachorro na tigela que estava junto ao fogão. "Vou pegar minhas coisas lá em cima e então vou andando."

"Está bem", disse ela.

Dez minutos mais tarde, eles estavam no canto da casa.

A grama estava molhada, a porta do antigo estábulo aberta. Os ramos de amieiro brilhavam contra o muro do jardim. O rapaz apertou a mão dela. "Muito obrigado mesmo", disse. O cachorro foi andando ao longo do arame farpado, farejou e latiu. O gansos estavam do outro lado do terreno.

"Por nada." Ela esperou antes de soltar a mão dele. Não seria estranho dizer mais alguma coisa agora, mas ela não sabia o quê. Ele tinha vestido o gorro, embora não estivesse frio.

"Vou afastar Sam dos gansos."

"Lá na curva, você pode seguir adiante, eu desobstruí o quebra-corpo um tempo atrás."

Ele soltou sua mão com gentileza. "Até mais", disse. Foi embora; assoviou para o cão, que agora corria pra lá e pra cá ao longo da cerca de arame farpado. Ela podia ver apenas as suas pernas, de vez em quando um cotovelo. Homem e cachorro: homem com pernas inquietas, chutando um pedaço de ardósia à sua frente. Pouco antes de passar pelo quebra-corpo, Sam correu para ele. Nada rangeu, ela havia lubrificado bem as dobradiças. Ele foi embora. O cachorro latiu mais uma vez.

Foi até o campo dos gansos. As aves vieram em sua direção. Quatro. Deve ter acontecido na noite em que estava nua de joelhos, olhando as estrelas. Uma semana inteira tinha passado sem que ela desse atenção aos gansos. Correu para a casa e pegou no balcão da pia o pedaço de pão que sobrara. Correu de volta e foi picando pedaços pequenos do pão que jogava por cima da cerca de arame farpado. Olhou para o abrigo que tinha feito. A tela de galinheiro que deveria cobrir a entrada ainda não estava colocada. Talvez eles entrem lá à noite e, mesmo assim, não estejam seguros. Agora que estava ali com pão em suas mãos e tinha a atenção dos gansos, lembrou-se de que, no dia em que havia tentado colocar os animais no abrigo, quando estava deitada de lado na relva, molhada e exausta, tivera a ideia de atraí-los com pão. No dia seguinte, Rhys Jones fora até lá e era culpa dele ela ter esquecido dos gansos. Como pude deixar isso acontecer? Perguntou-se. Deixar à própria sorte animais pelos quais sou responsável só porque acho alguém um canalha? Onde ele está, afinal? Já é dezembro, e novembro é o mês de abate. Por que ele não aparece? Foi até a cerca e entrou no pasto dos gansos. As aves a seguiram. Espalhou um pouco de pão bem em frente ao abrigo. Os gansos recusaram, como se soubessem que estavam sendo enganados. Permaneceram a uma boa distância. Ela suspirou, voltou para a cerca. Quando já a tinha amarrado de novo com a corda, os gansos correram em direção ao abrigo e começaram a devorar o pão. "Puta merda", disse, baixinho. "Que bichos teimosos!" Olhou para a lacuna na fileira de carvalhos, para o quebra-corpo. Foi andando devagar para casa. Na cozinha, as coisas do café da manhã ainda estavam sobre a mesa. Pegou o prato dele e cheirou. Em seguida, pôs sua xícara de café nos lábios. A casa nunca tinha estado tão vazia. Não hesitou nem um instante, pegou a bolsa e correu até o carro.

31

A música enchia a casa toda, um grande aparelho de som com rádio e CD player estava em cima do aparador na cozinha. Bem atrás da porta da frente, estava a caixa com a televisão. Ela seria ligada mais tarde. Na mesa, havia lápis de cor e canetas hidrográficas coloridas. Lavou a louça, cantarolando junto com as canções que conhecia, enquanto pensava: "*Até mais*", não "*Adeus*". Até mais, não adeus. Podia ser a linha de um poema de Dickinson, embora os poemas dela alternassem entre oito e seis sílabas. A pequena distância que havia percorrido naquela manhã parecia uma maratona. Baixou o fogo da panela do leite que estava afundando na espuma e olhou para fora. O escritório. Ainda não tinha ido até o escritório. Enxugou as mãos apressadamente e subiu a escada. Pela maneira como a coberta estava sobre o divã, pôde ver como ele havia levantado: com um movimento de braço, tinha lançado a coberta para longe de si sem arrumar depois. Tenho de descansar um pouco, ela pensou. Estou exausta. Tirou a roupa e deitou-se no divã. Estava um pouco frio no escritório, o fogo na lareira havia apagado fazia tempo. A coberta raspou em seus mamilos. Os odores adocicado e amargo, de mato, que tinha sentido nele se amalgamavam na borda superior do tecido. Puxou a coberta sobre a cabeça e passou as mãos no ventre.

Mais tarde, depois de ter vestido suas roupas e acendido o fogo na lareira, ela vasculhou o quarto. Será que algo fora deslocado na pilha de livros sobre a mesinha? Talvez ele tivesse escrito qualquer coisa nas folhas de papel em branco que estavam sobre a escrivaninha, ao lado da coletânea aberta de poemas de Dickinson... Não conseguia lembrar se ela mesma tinha deixado o livro aberto nesta página. UM ENTERRO DO INTERIOR. Se, ela pensou, se ele parou de folhear e ler aqui, então...

Foi se sentar, olhou pela janela, pois não sabia o que vinha depois de "então". O mar podia ser visto novamente, sobre a copa das árvores, agora bastante desbastadas. Mas longe, muito longe. Lembrou-se de algo, também vago e muito distante, e levantou-se para procurar numa caixa de papelão com livros que ainda não haviam sido desempacotados. Tinha quase certeza de que a biografia de Habegger estava na sala de professores em Amsterdã, mas o livro estava na caixa. Sentou-se à mesa, deixando que as páginas passassem por seus dedos. Na página 249 — nesse ponto o livro parecia ficar aberto por conta própria —, estava sublinhada forte em vermelho a frase *uma vez que nada é tão real quanto "pensamento e paixão", nossa verdade humana essencial é expressa pela imaginação, não por atos.* Sobre um livro que Dickinson lera aos vinte e um anos de idade, e que a teria formado, assim como o ataque de tosse de um tio-bisavô e todos os outros incidentes fúteis. Meia frase num livro grosso demais, cheio de suposições e pequenas teorias. Aquele Habegger era um impertinente, e mesmo assim, antes de fechar a biografia, ela copiou o texto na margem das páginas em que a coletânea de poemas estava aberta, um pouco ansiosa, com uma sensação de vazio no estômago. Não só de vazio, mas também de dor, que hoje era mais para cima que de costume, no pescoço, na parte de trás da cabeça. Foi até o banheiro e tomou dois paracetamóis. Mais um pouco e teria que ir ao médico, isso não podia continuar assim por muito mais tempo. Perguntou-se se conseguiria. Até ontem tinha quase certeza de que sim.

32

À tarde, enfiou estacas de bambu no gramado. Encontrou no estábulo uma ripa forte, de uns dois metros, e passou a usá-la como medida. O gramado tinha três vezes o comprimento da ripa. Fez um retângulo esticando arame entre as estacas. Lentamente, começou a retirar o excesso de grama, ainda não pensava no que plantar, calculou que eram doze metros quadrados. De vez em quando, endireitava as costas, alçava a cabeça em direção ao sol. De repente, um cachorro enfiou a cabeça entre suas pernas.

"Ele não aguentou ficar sem você."

Ela se virou. O rapaz estava ao lado do estábulo, um ombro encostado na parede. Aparentemente, o cão achava normal estar ali de novo; remexeu ao redor do tanque de óleo e desapareceu atrás da casa.

"E agora que já viu você, vai embora de novo." Ele não saiu do lugar. "Mas eu não."

"O que aconteceu?"

"Nada. Não consegui arrumar um lugar para dormir. Tudo está fechado por aqui nesta época do ano."

"Você foi até a montanha, afinal?"

"Não. Se eu tivesse ido, não poderia já estar de volta." Levantou a mão com um saco de papel. "Trouxe uma coisa para comer."

"Da padaria em Waunfawr?"

"É. Já estava fechada quando passei lá pela segunda vez, mas a mulher do padeiro ainda estava trabalhando. Mandou cordiais saudações a você."

"Como ela sabia que você viria para cá?"

"Eles perguntaram. Perguntaram de onde eu vinha e para onde ia."

"E você disse isso a eles?"

"Naturalmente. Por que não? A mulher do padeiro também deu um presente ao Sam. 'Um cachorro para a holandesa', disse ela. 'Isso é bom'."

O cão começou a latir, provavelmente para os gansos.

"Sam andou todo o trecho na minha frente. Como se soubesse exatamente para onde íamos."

"Você sabe desenhar?"

"Sim. Depende do quê."

"Um jardim."

"Ah, um projeto? Bem, por que não? Se eu tiver papel suficiente."

"Sabe instalar uma televisão?"

"Acredito que sim." Ele olhou para o telhado da casa. "Tem uma antena. Então, deve sair um cabo por alguma parede, ou por uma esquadria."

"Sabe lidar com pá e carrinho de mão?"

"Naturalmente."

"Preparar um cordeiro?"

"Isso com toda a certeza. Com alho e anchovas."

"Pode ficar mais um dia."

Ele balançou a cabeça e finalmente se afastou da parede do estábulo.

"Anchovas?"

"Daí não precisa pôr sal."

"Você com certeza não tomou café desde hoje cedo, não?"

"Não. Se algum dia houver uma trilha de longa distância aqui, precisam avisar no guia que os meses de inverno são menos propícios. Ou inteiramente desaconselhados." Fez um gesto na direção do estábulo. "Você poderia fazer um Bed & Breakfast."

"Venha", disse ela.

"Sam!", gritou ele.

Sem que eles percebessem, as vacas amarronzadas tinham vindo até o muro do jardim. Elas saíram em disparada quando o cachorro veio correndo do canto da casa. O sol estava quase se pondo, a jornada de trabalho tinha acabado.

33

O marido mudou o pé de posição. A bota de gesso era pesada e pouco prática, a cadeira balançava. Suas muletas estavam encostadas na parede. O café estava meio cheio, muitos casais com os rostos próximos um do outro, os homens com uma cerveja, a maioria das mulheres com um refrigerante. Já havia uma árvore de Natal de plástico num canto e, sobre o bar, pendiam ramos de abeto com luzinhas.

"Como aconteceu?", perguntou o policial.

"Uma caixa com livros."

Eles bebiam suas cervejas.

"Descobri algo que me fez querer rastreá-la."

"O quê?"

"*Ach*." O marido pôs o copo de novo na boca.

"A polícia não pode ajudar", disse o agente. "Ela foi embora por conta própria. Não há nenhuma indicação de que alguém a esteja retendo contra a sua vontade."

"O que eu devo fazer, então?"

"Contrate um detetive particular."

"Um detetive particular? Eles existem mesmo?"

"Você tem alguma ideia de quanto estes profissionais são requisitados?"

"Pelo jeito, não."

"Dê uma olhada na internet."

"Você não tem nenhuma indicação?"

"Não, não tenho nenhuma indicação. E, mesmo que tivesse, não poderia dar."

"É caro?"

"Bastante. Em geral, eles conseguem rapidamente algum resultado."

O marido apontou para o copo vazio do policial.

"Deixe que eu pego. Você mal consegue andar." O agente se levantou e pegou duas cervejas no balcão. Disse algo para o barman, deram uma risada, em seguida voltou ziguezagueando até a mesa.

"A propósito, você é casado?", perguntou o marido.

"Não. Mas estou num relacionamento sério. Com uma colega."

"Você nunca vai... Você alguma vez ficou com outra pessoa?"

"Claro. Isso é supernormal no nosso meio." O policial o olhou bem de frente. "Por que você quer saber?"

"Curiosidade. Conversa entre homens, sabe?"

"Que decepção! Então você tinha amantes?"

"Uma amante, sim. Uma. Mas ela também me traía."

"E qual é o problema? Vocês sempre tornam tudo bem difícil."

"É, isso talvez seja verdade. Mulheres são diferentes dos homens."

"Não, elas não são. Em qual sentido?"

"Quando elas traem, é porque têm algum problema."

"Então, sua esposa tinha mesmo um problema?"

"Sim."

"Quer comer algo?"

"Sim."

"Vou pedir *bitterballen*, então."

"Por que estamos aqui?"

"Como assim?"

"Por que você está saindo comigo?"

"Aart! Uma porção de *bitterballen*!", gritou o agente.

O barman fez um sinal com a cabeça. Chegava cada vez mais gente ao café, estava ficando abafado. As janelas embaçaram.

O marido esvaziou seu copo de cerveja.

"Por que *você* está saindo comigo, também posso perguntar a mesma coisa", disse o policial.

"Achei você um cara legal."

"E sou mesmo. Você por acaso tentou encontrar o estudante?"

"Não. Não conheço ninguém lá na universidade. E que sentido isso tem? Imagino que ele já não esteja mais frequentando nenhuma aula."

"Foi embora."

"Talvez para algum país oriental, a Índia, para encontrar a si mesmo ou a verdade."

"Ah, é um desse tipo. E aí acabar em algum buraco sujo, num colchão no chão, sem ter nem mesmo um comprimido de Imodium. E no quarto ao lado uma criança gritando."

"É. Talvez. Obrigado."

"De nada."

"Minha sogra acha estranho que eu saia para tomar cerveja com você. Ela acha que você deveria me pôr na cadeia. O barman também é desse tipo?"

"Sim."

"Humm."

"Aart! E mais duas cervejas!"

"Tem algo nela que eu nunca entendi. Algo inalcançável para mim. Não me surpreende, por exemplo, que ela tenha ido embora."

"O que foi que você descobriu para querer dá-la como desaparecida?"

"Ela está doente."

"Doente."

"Talvez muito doente."

"E agora se afastou ou fugiu como um gato?"

"É, talvez. De qualquer forma, fugiu de mim. E de seus pais."

O barman pôs dois copos de cerveja na mesa. "A porção de *bitterballen* já vem", disse ele, pondo por um instante uma mão no ombro do policial.

"Isso é horrível."

"No fim do último ano letivo, ela começou uma história

com aquele estudante." Ele olhou ao seu redor. "Talvez por estar doente."

"Aquele de quem você queria cortar o pau."

"Ah, é, desculpe. Você já sabia. E acabamos de falar dele."

"Falei que não era permitido."

O marido olhou o policial. "Só agora entendo que aquilo foi divertido. Para você."

"Aquilo não foi nem um pouco divertido."

"Não, claro que não. Mas eu estava furioso."

"Embora você não seja muito melhor."

"É. Agora não estou mais bravo. E quero compreender por que ela fez isso."

Uma garota pôs um prato com *bitterballen* entre eles. "Cuidado, está muito quente", ela disse.

"Obrigado", falou o policial.

"Não é nem o que ela fez", disse o marido. "Mas o fato de ter feito. Que alguém faça coisas, coisas em segredo, coisas das quais você — eu, no caso — está completamente excluído."

Comeram uma *bitterbal*.

"Entre na internet quando chegar em casa", sugeriu o agente. "Procure um detetive e ligue."

"Está bem."

"Você realmente não tem ideia de onde ela está?"

"Não. No exterior, eu acho."

"Por que acha isso?"

"Por quanto tempo conseguiria ficar escondida aqui?"

"Talvez ela esteja bem ali na esquina. Quanto mais perto, mais distante."

"É, isso é verdade."

"Então sua sogra acha que você deveria estar preso."

"Sim. Ela também acha que é tudo culpa minha."

"E seu sogro?"

"Ele diz 'não', 'sim' e *ach* mulher'. Não se estressa muito."

Comeram o resto das *bitterballen* em silêncio, aliviando o calor da língua com a cerveja.

"Vamos dançar um pouco?", perguntou o policial.

"Pô, cara."

"Quanto tempo isso vai durar?"

O marido olhou para o pé engessado. "Umas três semanas. Eram livros dela."

O policial deu uma risadinha.

O café ficou mais cheio, mais barulhento. O barman fez um sinal para o policial de uma maneira que o marido não entendeu. Ele se levantou, pegou suas muletas. "Vou andando, antes que fique tão cheio que eu não consiga mais passar."

"Mantenha-me informado."

"Pode deixar."

Deram um aperto de mão. A caminho da saída, o marido acertou a conta e, quando se virou, ao deixar o café, viu o policial sentado no balcão. O barman olhou para ele enquanto estava saindo. Chovia. Ele foi mancando até a parada do bonde e tentou imaginar um detetive particular. No painel de publicidade, via-se um patinador só de camiseta, fazendo anúncio de pão. Um táxi passou em alta velocidade sobre os trilhos do bonde espirrando água e molhando seu gesso.

34

"Roterdã", disse Bradwen. "É uma cidade bonita?"

"Bem", respondeu ela. "De fato, não. É feia, na verdade."

"Por isso você está aqui?"

Ela o olhou. Seus cabelos estavam despenteados, tinha acabado de sair do divã, e ela nunca tivera tanta vontade de passar as mãos por eles. Já tinha notado que ele às vezes suspirava de certa maneira e, quando fazia isso, era quase impossível se segurar e não querer tocar sua cabeça. O cachorro parecia ter pego aquele jeito de suspirar dele. Claro que ele iria fazer perguntas, é assim que as pessoas conversam. Talvez ela tivesse de antecipar as perguntas dele. "*Ach*", disse ela em holandês, e serviu o café.

"Acho esta uma palavra bonita", comentou ele.

"*Ach*?"

"É. Não temos uma palavra assim, com a qual se diz 'cale a boca, você'."

"Coma", disse ela.

Ele cortou o pão. Lançou uma fatia mal cortada na direção de Sam, que parecia ter encontrado um lugarzinho fixo junto ao fogão. Passou uma generosa camada de manteiga. O rádio estava ligado, anunciavam as condições de tráfego nas estradas. Enquanto comia, desenhava círculos num papel, com canetas hidrográficas amarela e marrom, alternadamente. "O que vamos fazer hoje?", perguntou ele.

"O jardim."

"E a TV?"

"Ah, sim, comece com ela daqui a pouco."

"Sim." Passou para ela uma fatia de pão. "Você não come."

"Nunca fui de comer muito de manhã", disse ela.

"Ok." Ele se levantou. "Vou escovar os dentes." O cachorro foi com ele para o andar de cima.

Ela se ergueu e foi para junto da janela da cozinha. Havia neblina de novo, e nenhum vento. Tempo bom para trabalhar, mas teve de se segurar no balcão da pia. Acendeu as duas velas no beiral da janela e ficou cantarolando com o rádio. O fogão a aquecia. A água corria pelos canos. A torneira no andar de cima foi fechada, o que provocou um estrondo em todo o sistema de tubulação. O rapaz e o cachorro desceram. Ela o escutou abrindo a porta da frente. "Vá caçar esquilos--cinzentos", disse o jovem. Antes que ele entrasse na cozinha, ela roçou as bochechas com as costas da mão.

"Esquilos-cinzentos?", perguntou ela.

"Imigrantes. Estão assumindo o controle desse lugar."

"Assim como eu."

"É, você também é uma imigrante."

"Mas você não manda o cachorro pra cima de mim."

"Claro que não." Exalava um cheiro amargo de pasta de dente. "Na sala?"

"Acho que sim."

Ele saiu da cozinha. Tinha sido impossível levar a sério Rhys Jones de meias; mas não dava para aplicar esse conceito a Bradwen . Eram meias para caminhada na montanha, azul e cinza, com um L e um R. Ela o escutou caminhando pela sala, onde a luminária de chão ficava acesa também durante o dia. Latidos distantes vieram de fora, ao longe, pelo som do outro lado do riacho. "Achei!", gritou o rapaz.

Ela foi até a sala de estar. Ele estava no canto, trazia na mão um cabo que saía do teto.

"Agora temos que ver se a TV tem uma conexão que se encaixe", disse.

Ela teve de se sentar. O jovem, sob a luz amarela da luminária, alegre por haver encontrado o cabo da antena; a lareira cujos pedaços de carvão ela havia juntado de manhã, como uma Cinderela, assoprando para que queimassem de novo sem fósforo. Observou como ele tirou o aparelho de TV da caixa de papelão e pôs no canto, no chão. Ele se ajoelhou, uma perna no chão, a outra dobrada com o joelho para cima. Mexeu em alguma coisa na parte de trás do aparelho. Entre a barra de sua calça e a camiseta, apareceu um pedaço da lombar. "Essa parte deu certo", disse ele. "Agora precisamos de uma tomada."

"Lá." Ela apontou para a tomada dupla, onde estava ligada a luminária.

Ele pôs a TV na segunda tomada e ligou o aparelho. A imagem surgiu imediatamente, um mar agitado, pessoas em barcos a remo em volta do que parecia ser a asa de um pequeno avião. "*Real Rescues*", disse Bradwen. "Passa toda manhã, das nove e quinze até as dez."

"Fantástico", disse ela. "Pode desligar de novo."

Ele desligou o aparelho e se levantou. "Devo continuar com as árvores?"

"Se quiser fazer isso…. Acho um trabalho muito pesado."

"Claro. Não tem problema." Ele olhou para ela.

"Você também vai terminar de fazer aquela trilha?", perguntou ela.

"Sim. É o meu trabalho, sou pago para isso."

"Mas não amanhã?"

"Se você não se importar. Tenho esse tempo para mim."

"Eu também", disse ela.

"Quem sabe poderíamos fazer um trecho juntos?"

"Eu gostaria muito de subir a montanha."

Ele subiu a escada. Pouco depois, voltou para baixo de casaco e gorro. "Uso uma cadeira da cozinha?"

"Sim, ainda tem uma lá. Esqueci de trazer para dentro." Ela ficou sentada no sofá, quando, na verdade, queria estar na porta da frente, perto dele.

Ele calçou os sapatos e foi para fora; chamou o cachorro. Uma lufada de ar frio entrou na sala. Ela acendeu um cigarro.

Após um tempinho, ela se levantou e pôs um pedaço de lenha na lareira. Em seguida, foi varrer o chão da cozinha. Vapor d'água subia suavemente de uma velha chaleira sobre o fogão. Ocasionalmente, olhava para fora. Às vezes Bradwen estava sobre a cadeira, serrando, outras vezes levava um galho até a pilha junto à mureta do jardim e quase desaparecia na névoa. Não via o cão em parte alguma. Perguntava-se se ele havia percebido que se deitara em seu divã.

35

Ficou sentada no sofá da sala assistindo a *Escape to the Country*. Bradwen tinha ido fazer compras com o carro; Sam estava deitado a seus pés. Enquanto a tela mostrava um casal animado, cuja mulher afirmava *"Prefiro morrer a deixar meus gatos"*, ela chorava, sem fazer nenhum barulho. A lareira, o fogão a óleo, a nova TV e o rádio, o rapaz e o cachorro, o jardim. "Cachorro", disse, e Sam ergueu a cabeça, lambendo as costas de sua mão. Como Dickinson tinha conseguido fazer aquilo, se retirar, mais e mais, fazendo poesia, como se sua vida dependesse daquilo, e morrer. A vida do espírito, verdade humana — ou autenticidade? — expressa pela imaginação, e não por atos. Tomou um gole de vinho tinto. Sempre vinho tinto, como se fortalecesse o coração. Antigamente, seu tio tomava todas as noites uma taça de Pleegzuster Bloedwijn. Será que ainda existe? "Cuide do gato", disse a mulher na televisão, e subiu uma escada com um tapete horroroso, sem acariciar ou dar atenção ao gato que estava deitado num degrau. Bem, ela presumia que seu tio tomava uma taça todas as noites, naturalmente não sabia o que ele fazia quando ela não estava lá para ver. Perguntou-se o que mais o jovem traria para casa, queria ter dado uma lista de compras, mas ele não quis saber disso. Ele também recusou o dinheiro. Pensou vagamente em seu marido, viu-o por um instante diante de si: amarrando forte o cadarço de seu tênis de corrida, endireitando as costas e abrindo a porta. Será que ele agora está sentado em casa, tranquilamente, bebendo uma cerveja e pensando: ela vai voltar? Tomou mais um gole de vinho e acendeu um cigarro. Aqui, pensou. Estou aqui. Agora. A inglesa estava em meio a um jardim com vista para uma campina. "*Posso me imaginar vivendo aqui, cachorros no jardim e um cavalo lá no galpão.*" Que vaca!, ela pensou.

Sam tirou a cabeça das patas dianteiras e ficou olhando para a porta. Pouco tempo depois, ela escutou o carro, a porta se fechando, os passos no cascalho de ardósia. Não compreendo como aguentei ficar aqui sozinha durante semanas, pensou.

"Fumando de novo?" Bradwen afastou o cão de si com o joelho.

"Sim", respondeu ela. Estremeceu só com a visão da porta aberta.

"Isso te faz mal."

"Eu sei."

"Peixe", disse ele. "Comprei peixe e vou fazer uma coisa gostosa."

Peixe, pensou ela. Tenho de passar para o vinho branco.

Bradwen mexia numa panela que estava sobre o fogão. Sam ganhara um punhado de ração e deu seu dia por encerrado; estava deitado na sala, no tapete diante da lareira, roncando de levinho. Ela ficou olhando para as costas do jovem. Desenhou os círculos que faltavam no pedaço de papel onde ele antes desenhara. Com uma hidrográfica azul. Ela já tinha arrumado a mesa. "Como é mesmo o seu sobrenome?" perguntou ela.

"Jones."

"Todo mundo aqui se chama Jones?"

"Sim. E você?"

"Não vou dizer", falou ela.

Ele se virou, sorriu.

"O que importa?", perguntou ela.

"Nada." Ele continuou mexendo calmamente com a colher. Ela se levantou e deu a volta na mesa, parando ao lado dele. Ele olhou por um instante e pôs o indicador no molho. Esticou o dedo em direção a ela, que, sem pensar duas vezes, lambeu. Ela fez um sinal positivo com a cabeça. Ele também acenou, e continuou a mexer. Era como se ele já cozinhasse ali há semanas. Ela pegou a caixa de fósforos do beiral da janela e acendeu as duas velas. Pegou um castiçal no aparador e pôs no centro da mesa, também acendendo as velas. Quando foi se sentar novamente, escutou o tique-taque nervoso do relógio.

"Outro dia veio um homem aqui chamado Rhys Jones", disse ela.

"Humm."

"As ovelhas que pastam aqui no terreno são dele."

"Você aluga esta casa?"

"Sim. Ele tinha uma série de acordos com a antiga moradora. Ele devorou quase metade de uma torta e tinha meias furadas."

O jovem a olhou sem expressão alguma.

"Eu o detestei. Ele vai voltar aqui, com um cordeiro."

"Agora eu estou aqui", disse ele.

É, ela pensou. Agora você está aqui.

Bradwen pôs as panelas na mesa, tirou do forno uma travessa com o peixe. "Hadoque."

Ela não sabia que tipo de peixe era aquele, mas não importava. O cheiro era bom e faria o seu melhor para comê-lo o máximo possível. Atraído pelo cheiro, Sam foi se sentar ao lado dela, não de seu dono. "Por que os cachorros fazem isso?", perguntou ela.

"Ele sabe que eu não vou dar nada a ele. Você agora é uma espécie de mulher alfa."

"Mulher alfa?"

"Os cães pensam que nós também somos cães."

"Sou uma pessoa", disse ela ao cachorro. "Uma pessoa mulher."

Sam manteve sua cabeça inclinada, olhando com um ar bem tristonho.

Bradwen serviu os pratos. Batatas, brócolis, peixe e molho. Também serviu o vinho. Vinho branco. Fez um brinde. "A Rhys Jones", disse ele.

"Por quê?"

"Ele vai nos trazer um cordeiro. É dezembro."

Ela sentiu um nó no estômago, não conseguia olhá-lo nos olhos. Cutucou o peixe, comeu uma lasquinha. Estava macio a ponto de desmanchar. Ela mastigou e engoliu. Deu mais uma garfada.

"Gostoso?", perguntou ele.

"Muito gostoso", respondeu ela, e abaixou a cabeça.

"O que foi?"

"*Ach*."

Ela o sentiu levantar, viu pelo canto do olho que empurrava o cachorro com o joelho, sentiu uma mão, todo um antebraço em suas costas, sentiu sua respiração. Pressionou a cabeça contra o abdome dele. "Estou contente por você estar aqui", disse ela. Olhou pelas pernas da calça dele para o chão bem varrido da cozinha. Uma meia com um L, a outra com um R. Pés largos.

"Estou aqui", disse ele.

"Por que você está aqui?", perguntou ela.

"*Ach*", falou ele, ou tentou falar. O ch galês não era como o ch holandês.

Ela endireitou o pescoço e, por sobre o ombro, pegou a mão dele. "Coma", disse ela. "Vai esfriar."

Bradwen a contornou ao voltar à sua cadeira, e nesse

movimento pôs a mão dela ao lado do prato. Sam virou a cabeça para um lado e depois para o outro, com uma expressão levemente selvagem. O jovem se sentou, pegou sua taça de vinho e a alçou no ar: "Dezembro", disse.
    Ela sorriu. "Dezembro." Comeu todo o seu prato enquanto bebia mais uma taça de vinho. Agora que era ele quem servia, o jovem bebia menos avidamente.
    "Vou começar a ler Emily Dickinson hoje à noite", disse ele, com uma demora na pronúncia do primeiro nome.
    Não importava. Não era problema se ele conseguia vê-la sem máscara. Talvez ele nem se chamasse Jones. Talvez ainda chegasse o momento em que lhe perguntaria isso, em que teria vontade de lhe perguntar isso. Acho que não quero saber nada sobre ele, pensou. Ele simplesmente tem de estar aqui.

36

    Dois dias depois o sol apareceu. Após ter ficado um tempo encostada contra o estábulo, sentindo que as pedras claras sugavam o calor, ela disse: "Venha". A fumaça do cigarro dele subia retilínea no ar, por entre os troncos do bosque. Na beira do riacho pairava uma névoa. O rapaz abaixou o carrinho de mão carregado de cascalhos. Ele já havia marcado e dividido o retângulo no gramado com galhos de amieiro.
    "Café?", perguntou ele. Tinha puxado o gorro para trás, o suor brilhando em sua testa.
    "Não, vamos caminhar um pouquinho."
    Ele olhou ao seu redor. "Sam!"
    "Ele não pode vir. Vamos ter que trancá-lo em casa."

"Vou colocá-lo no estábulo. Dentro de casa ele vai quebrar tudo. Não gosta muito de ficar sozinho." O cachorro veio correndo, passando pelo tanque de óleo. Bradwen, então, o pegou pela coleira e o arrastou até o estábulo. "Agora vamos embora rápido", disse ele.

Ela foi andando junto ao muro do jardim em direção ao quebra-corpo.

"Não vamos pular o muro?"

"Eu não consigo."

"Você não é tão velha assim."

"Não, não sou tão velha. Você faz alguma ideia da minha idade?"

"Eu não me importo com isso."

Passaram pelo quebra-corpo e foram andando ao longo da mureta em direção às vigas sobre o riacho. As vacas amarronzadas pastavam do outro lado do campo, um pouco mais abaixo. Um ganido veio do estábulo. Bradwen posicionou-se atrás dela, mesmo em trechos da trilha que eram suficientemente largos para uma caminhada lado a lado. Havia um carro passando em alguma parte, ela não conseguia distinguir de qual lado vinha o som, o que a fez pensar no trem a vapor e no rapaz sentado ao lado dela num banco de madeira naquele trem. Subiu o degrau de um passador, esperando a qualquer momento sentir uma mão em sua mão, um joelho encostando em sua perna. Quando chegaram ao círculo de pedras, cheirava de novo a coco. Ela se perguntou se aquele seria o aroma das flores dos arbustos. Foi se sentar na pedra grande e fez um sinal para o jovem para que se sentasse ao lado dela. E ele foi. "Eu estava deitada aqui", contou, "quando fui mordida pelo texugo".

Ele ofegava um pouco. Mexia-se para frente e para trás.

"Você não acredita em mim, não é?"

"Não."

"Fique quieto aqui."

Ela tirou o maço de cigarros do bolso do casaco e acendeu um.

"O que estamos fazendo?", perguntou ele.

"Não fale."

Depois de fumar um segundo cigarro, ela desistiu. "Vamos", disse.

"O que foi que não aconteceu?", perguntou ele.

"Sempre que eu me sento aqui, um texugo aparece por baixo do arbusto."

"De dia?"

"Sim, claro. Ou você acha que eu fico sentada aqui bem no meio da noite?"

"Eu nunca vi um texugo. Um vivo, quero dizer."

"Eu, sim. Já o vi três vezes."

"Humm", fez o jovem.

"Venha."

Junto ao passador, onde antes ela esperara uma mão e um joelho, seus olhos ficaram embaçados. Pouco depois, tudo ficou roxo e, quando recuperou os sentidos, estava inclinada, apoiada em uma viga, e o rapaz recostado nela, com os antebraços envolvidos em sua cintura. Ela viu a mata cerrada, uma cerca enferrujada de arame farpado, troncos de árvores e postes de sinalização meio apodrecidos, lama. Ouviu Sam gemendo, deu-se conta vagamente de que o cão talvez estivesse uivando muito alto, à distância, e ouviu um passarinho trinando agitado. Que pássaro será este?, pensou. Quero saber. Não dá tempo, não dá tempo. Sentiu um cheiro azedo, um odor que até pouco tempo atrás pensava ser de folhas caídas, ou de madeira, a viga na qual pousava suas mãos. Sentia o corpo do jovem, que parecia grudado a todo o seu tronco. Ele respirava em sua nuca e seus antebraços apertavam sua cintura, como se ele temesse que algo pudesse cair. "There, there", disse ele, encorajando-a a ficar calma. Assim como o "ach" havia sido para ele, isso era um tipo de inglês sem equivalente no idioma holandês. Não sabia se ele havia percebido que ela já estava consciente. Preciso comer, ela pensou. Algo se moveu numa árvore, deslizando para baixo pelo tronco. Um esquilo cinzento cruzou a trilha. O animal ficou sentado por um instante, ereto, com as patinhas dianteiras ligeiramente dobradas contra o peito. Por um instante pareceu que ele a olhava e, em seguida, foi embora saltando. Será que um bichinho como este pensa que eu sou um esquilo grande e sem pelos com outro esquilo nas costas? Será que um esquilo olha para as pessoas do mesmo jeito que os cachorros? Ela não endireitou as costas, o jovem ainda teve de segurá-la um pouco daquele jeito. Continuou seguindo o esquilo até que ele subiu numa árvore um pouco mais adiante. Tudo aconteceu sem nenhum ruído. O passarinho havia parado de trinar. Tenho de mandá-lo embora, ela soube de repente. Ele tem que partir, isso não pode continuar. "Não vou cair", disse ela.

O jovem retirou seus braços. "Agora mesmo você estava caindo."

"Agora não."

"Você consegue passar por cima?"

"Acho que sim." Ela levantou um pé e o pôs sobre a viga mais baixa. O pé do texugo, pensou. O outro pé veio em seguida. Assim daria certo; ela passou uma mão da viga para o poste. Quando já estava do outro lado, ligeiramente arquejante, com o rosto voltado para ele, enxergou os bois pretos que tinha visto no dia em que foi até o lago. Eram tão pretos quanto o cabelo dele, e do cabelo dele seu olhar baixou para seus olhos. De um tom cinza-escuro. Ela não conseguia olhá-lo diretamente nos olhos, nunca tinha conseguido olhá-lo diretamente em ambos os olhos, sempre tinha de escolher o direito ou o esquerdo.

37

Bradwen estava cozinhando de novo. Fazia isso sem perguntar, parecia gostar mesmo. Naquela noite havia feito espaguete com um molho que tinha algo como ingrediente principal, uma enorme quantidade. "É saudável", disse ele. "Você tem que comer a maior quantidade de alho possível." À tarde tinha começado a ventar forte, e o vento continuava aumentando. Emitiram um aviso de tempestade no rádio. Um galho da trepadeira bateu contra a janela da cozinha. "Tem que cortar aquele galho da wistéria-chinesa", disse ele. Ela tentava se mostrar otimista. Podia contar com alguém ali que tomava as decisões, que dizia o que devia ser feito, que — se fosse preciso — a segurava. Antes que ele servisse a comida, perguntou onde estava a tesoura de poda e foi lá para fora levando uma cadeira. Ela podia distinguir vagamente as pernas dele, iluminadas pela luz das duas velas no beiral da janela. O cachorro não tinha saído, mas ficou de orelhas em pé olhando para o alto na frente do fogão. Wistéria-chinesa, pensou ela, mas qual é o nome em holandês? Ouviu um zunido da chaminé na sala, a lareira fremia. Uma garrafa de vinho tinto estava aberta sobre a mesa da cozinha.

"Você tem que ir embora", falou quando ele entrou.

O cabelo dele estava todo soprado para um canto, e ele trazia um galho de wistéria na mão.

"Para o próximo Bed & Breakfast. E depois para outro. À distância de um dia de caminhada."

"Nada disso", disse ele. "Agora vou servir comida e uma taça de vinho para você."

"Amanhã", falou ela.

"Não", recusou o rapaz.

"Sirva, então."

Ele pôs o galho no chão e serviu duas taças de vinho. Bradwen sorria durante o jantar. Não disse nada mas continuou sorrindo, tomando vinho, enchendo os copos de novo e finalmente passando a mão pelos cabelos. Assoviou baixinho para o cachorro, esfregou o olho com um dedo, lambeu sua faca.

"Você não está me levando a sério, não é?", perguntou ela.

"Não."

Ela soltou um suspiro. Tentava se sentir bem, o que era um pouco mais fácil depois de uma taça e meia de vinho.

"Eu vou ficar", disse ele.

"Vamos ver."

"O jardim ainda está longe de ficar pronto e eu imagino que você queira terminá-lo antes de uma data específica?"

"Por que está perguntando isso?"

"É apenas uma impressão."

"Às vezes eu também tenho impressões."

"Ah, é?"

"E elas me deixam exausta. É melhor servir mais vinho."

Agora o vento rugia em torno da casa. Apesar da poda, o bambu raspava contra a parede externa da cozinha e, de vez em quando, alguma coisa voava e batia na vidraça. O cachorro estava inquieto, dormia, mas mexia as patas e gemia lamentoso.

Bradwen serviu mais vinho. "Ele está sonhando", disse.

"Por falar nisso, o que você achou de Dickinson?" perguntou ela.

"Nada."

"Nada?"
"Acabei não lendo. Não entendo nada de poesia."
"Um motivo a mais para você ir embora."
Ele sorriu novamente, ou melhor, continuou sorrindo. "Café?"
"Você tem um celular?", perguntou ela.
"Tenho."
"E usa de vez em quando? Eu nem vi."
"Não. Não conheço ninguém."
"Isso é mentira, claro."
Como se tivesse entendido o que ela falou, o cachorro acordou e latiu uma vez. Levantou-se e ficou arfando na passagem para a sala.
"Eu tomaria cuidado se fosse você", disse o jovem. "Ele morde."
"Você tem pai e mãe?"
Ele hesitou por um instante. "Claro."
"Você os conhece então, não é? Não sente a necessidade ligar de vez em quando para dizer onde está, como vão as coisas com você?"
"Agora eu estou aqui."
Ela sentia uma vontade enorme de pegar seus seios, dizer alguma coisa com esse gesto. Quase fez, mas, em vez disso — com as mãos suspensas no ar —, derrubou sua taça e começou a chorar. O jovem não fez nada, continuou sentado onde estava. Ela se levantou e cruzou com o cachorro indo em direção à escada. Quando passou por ele, o animal lambeu as costas de sua mão. Encheu a banheira, pôs uma boa quantidade de espuma de banho na água, *Native Herbs*. Deixou a porta — que era a única em toda a casa que podia ser trancada além da porta da frente — apenas encostada. Despiu-se e entrou na água. Afinal, esse era o lugar onde se sentia melhor, na água quente; a consciência de seu corpo,

que parecia intacto e ileso, ainda mais agora que uma tempestade assolava lá fora. Viu os corredores do Dickson's Garden Centre à sua frente, fileiras de roseiras, e imaginou abelhas no fim da primavera. Pode vir, pensou.

38

A vidraça tilintou. Nesse momento, ela pensou que a última rajada de vento tinha sido a mais forte, seguiu-se pouco depois um estrondo ainda maior e ela se enfiou mais sob as cobertas, a porta de seu quarto encostada, com barulho vindo do corredor. Abraçou-se ao seu corpo, apertando seus seios através do tecido fino da camisola, pondo as mãos entre as pernas, encolhendo os joelhos, como se estivesse se preparando para um impacto, emitindo um aroma de ervas nativas. O vento assolava desde o mar da Irlanda. Ela sacudiu a cabeça para se livrar da imagem de um grande navio, canecos de cerveja e petiscos fritos deslizando num balcão de bar, quadros caindo das paredes, bolinhas de roleta saltando sobre um tapete vermelho, um palhaço num pequeno palco, ao lado, vomitando no cenário. Ela engoliu em seco, imaginou Bradwen sobre um quadrado com borda azul, no qual ele só se movia em linhas transversais. De bermuda, mas vestindo suas meias L e R. Elas estavam um pouco abaixadas. Ele girou, apoiado nas mãos, cotovelos para o lado, as veias do pescoço saltadas. Sam estava sentado numa cadeira na beirada do quadrado azul e latia sempre que seu dono dava uma pirueta no ar, parecendo voar, e aterrissava exatamente no canto com as pernas estendidas, levantando, então, um braço, de modo que a axila não ficava mais oculta. Algo rangeu forte, abafando os ruídos, era como algo sendo arrancado, madeira viva, velha, saindo da terra. Percebeu que não pensava mais no passado, nenhuma lembrança do marido, do estudante, de seu tio, Natal com velinhas de aroma adocicado em forma de Papai Noel. "Ah", fez, porque aquela velinha agora estava em sua mente, queimada até o meio do Papai Noel, uma pocinha de parafina vermelha sobre a toalha de papel com decoração natalina, ao lado de um prato com rosbife fininho e couve-flor com molho de queijo. Sua mãe, que nunca, nunca, conseguiu apreciar a ceia de Natal, porque tinha medo demais de desviar os olhos das velas do enfeite natalino em cima da televisão. Considerou sair da cama. Sentar-se lá embaixo, junto ao fogão, fumar? Preparar um chá?

Sentou, jogou a coberta para longe de si e se levantou. Pôs, por um instante, uma mão na vidraça, sentiu a pressão. Por um breve momento, tudo escureceu diante de seus olhos, tinha se levantado rápido demais. As luzes tremulavam ao longe. Não, eram os galhos balançando pra lá e pra cá, encobrindo as luzes no vai e vem da tempestade. Ela abriu mais a porta, foi tateando o caminho até a escada — uma mão apoiada na balaustrada do corredor. Lá embaixo, a lareira da sala estava acesa, um fraco brilho avermelhado iluminava o capacho com a palavra BEM-VINDO na porta da frente e as botas do rapaz, que estavam bem ao lado.

Acendeu as duas velas no beiral da janela e pôs a chaleira na chapa mais quente. O bambu podado roçava a parede lateral, em algum lugar uma porta bateu, a porta do estábulo, com o ruído metálico do antigo trinco. Não havia chovido, a vidraça estava seca. A água começou a ferver. Encheu uma caneca e pôs um saquinho de chá. Enquanto o chá ficava em infusão, esfregou a testa e as têmporas, o ventre. Nada. Por fora, não havia nada. Pegou o maço de cigarros sobre a mesa e acendeu um. O chá estava quente, queimou a língua, praguejou baixinho. Pouco depois de ter apagado o cigarro, acendeu outro. Estava sentada numa cadeira entre a mesa e o fogão, e girou a cabeça na direção do relógio. A tempestade era tão forte que não se ouvia o som agudo do tique-taque. Eram duas e dez. Da sala, vinha outro tipo de tique-taque, e na hora que o cachorro parou na passagem para a cozinha, entendeu que era o som de suas unhas no piso da escada. "Ei", disse ela. O cão abaixou a cabeça e veio devagar até ela, com ar de culpa, ainda que ela não conseguisse entender o porquê "Você também não conseguiu dormir?", perguntou ela. Sam a olhou atento, seguiu por um momento a fumaça que saía de sua boca e depois pôs a cabeça em seus joelhos. Os suspiros do cachorro faziam estremecer a barra da camisola dela. Apagou o cigarro e pôs a mão na cabeça do animal. "Cadê o seu dono?", sussurrou. O cão começou a gemer baixinho.

39

Na manhã seguinte, não havia vento algum. Bradwen estava ao lado de um carvalho que havia caído e estava com sua copa sobre o riacho. Pegou um galho e, na outra mão, já tinha o serrote pronto. Já havia consertado a porta do estábulo, que tinha sido arrancada das dobradiças. Com a barriga encostada no fogão, ela olhou para ele. Pôs sob a torneira a caneca na qual bebera chá horas antes e regou as três plantinhas que floresciam no beiral da janela. Sam corria no gramado com um galho na boca. As vacas amarronzadas estavam ao longo da mureta do jardim e olhavam, amedrontadas e curiosas. Limpou com a mão espalmada algumas migalhas do balcão e respirou fundo um instante.

Afinal, era a cozinha que cheirava a velha ou era ela mesma? O bule de café começou a borbulhar de leve.

"Na minha opinião, vai nevar", disse o rapaz quando entrou. "Esfriou."

"Humm", fez ela, sem se virar.

"Daí vamos para a montanha."

"Você não tem que continuar trabalhando na sua trilha?"

Houve um breve silêncio atrás dela. "Tenho."

"Mas não agora?"

"Não agora."

Ela soltou um suspiro.

"Agora eu tenho outras coisas na cabeça."

"Como por exemplo?"

"Canteiros de rosas. Uma árvore de Natal."

Ela se virou sem se afastar do fogão. "Uma árvore de Natal?"

"É, já é quase Natal." Ele estava ao lado da mesa, com o gorro na mão. O cabelo negro grudado na testa. Na gola de seu casaco, havia lascas de galhos de carvalho. Naquele dia, as meias com L e R eram vermelhas e azuis.

"Tenho que lavar alguma coisa sua?", perguntou ela.

"Você não tem que fazer isso", disse ele, "mas eu tenho, sim, roupa suja."

Ele a olhou, mas não disse nada.

"E agora eu suponho que queira café."

"Por favor." Finalmente ele foi se sentar.

"Onde está o cachorro?"

"Está correndo pra lá e pra cá junto da cerca dos gansos. Já faz algum tempo."

"Por quê?"

"Não faço ideia."

"Você entende de gansos?"

"Não."

Serviu uma caneca de café e pôs diante dele na mesa.
"Biscoito?"
"Por favor. Você não quer?"
"Não."
"Por que não?"
"Bradwen", disse ela. "Pare."
"Está bem", falou ele. "Mas você ainda não falou '*ach*'."
Ela sorriu e pôs um biscoito ao lado da caneca de café. Em seguida continuou andando até o aparador e ligou o rádio.
"Sim", disse o jovem, levantando suficientemente a voz. "Também dá para resolver dessa forma."

Ela estava de pé, junto à porta da frente, queria lhe perguntar o que precisava lavar, mas a visão das costas dele, ligeiramente arqueadas, a deteve. Ele estava escavando, ela foi lavar roupa, subindo a escada, apoiando-se com a mão esquerda no corrimão. Primeiro entrou no banheiro para pegar um paracetamol e, em seguida, cruzou o corredor. Já fazia alguns dias que não entrava no escritório. Estava fresco, a janela sobre a mesa de carvalho entreaberta. A obra *Poesias completas* estava ali como da última vez, a anotação que ela havia feito era um pouco trêmula. Pôs três dedos sobre a página e olhou o jardim do alto. O jovem estava trabalhando direitinho, já havia retirado a grama de uma boa parte do retângulo demarcado. Agora a pá estava cravada no chão e ele, parado junto à porta aberta do velho estábulo, olhava para dentro do porão pelo alçapão aberto. Emanava vapor de seus ombros, seu casaco estava sobre a mureta do jardim. O que ele via lá? Seja liso o seu colchão. Desde que Bradwen estava ali, ela mal tinha pensado em Dickinson. Foi até a cornija da lareira. Ali havia um retângulo marrom com quatro clipes de metal; pelo visto, algo no retrato não agradara ao jovem. Ela o virou.

Da lareira, ela foi até o divã para esticar a coberta. Atrás do divã, havia uma pilha de roupas; uma calça, meias L e R, uma camiseta, um par de cuecas. A mochila encostada na parede. Hesitou brevemente e, em seguida, juntou a roupa e, antes de sair do aposento, olhou pela janelinha de trás. O cachorro continuava correndo pra lá e pra cá na vizinhança dos gansos, o focinho perto do chão, as aves mesmo estavam amontoadas junto ao abrigo. O céu estava cinza-amarelado.

Na cozinha, ela se agachou junto à máquina de lavar e colocou dentro as roupas dele, uma a uma. O cheiro de velha, quer pairasse na cozinha, quer viesse da máquina de lavar roupas ou de onde quer que fosse, foi encoberto pelo cheiro azedo das meias azul-acinzentadas. Ele tem de ir embora, ela pensou. Quanto antes, melhor. Para encher a máquina, pegou em seu quarto a capa do acolchoado, o lençol e a fronha. *Seja roliço o travesseiro.* No rádio, o grupo Wham! cantava *Last Christmas*.

40

Dessa vez o menino ruivo do Dickson's Garden Centre estava bem diferente. Circulava pelo estacionamento com um gorro vermelho pontudo na cabeça e ajudava quando era preciso. Quando ele avistou Bradwen, que saiu logo atrás dela com uma árvore de Natal, não continuou andando em direção a ela. Viu que ele titubeava, não podia de repente fazer de conta que estava indo em direção a outra pessoa. Nevava um pouco. Todos os funcionários da loja de jardinagem usavam um gorro vermelho pontudo e até entre as mesas da cafeteria havia árvores de Natal enfeitadas. Uma canção de Natal vinha das caixas de som. As rosas haviam sido removidas para abrir espaço para prateleiras cheias de velas e outros apetrechos de Natal, demorou um pouco para que ela as reencontrasse. Depois de escolherem doze roseiras, deixou que Bradwen comprasse uma árvore de Natal, só porque pensou: leva, enfeita e vai embora. Era uma árvore com um torrão de terra, o que era mais prático, segundo Bradwen, porque em janeiro podia ser plantada no jardim. Quando ela o viu arrastando a árvore pelos corredores, deu-se conta de que precisava de sininhos, festões e luzinhas.

Os vasos nos quais estavam as roseiras chacoalhavam no grande carrinho, ela mal podia olhar. Sentia dor de cabeça.

"Tudo certo?", perguntou o ruivo quando ela passou por ele. "Sim, eu tenho ajuda hoje", respondeu ela, olhando-o de soslaio. Ouviu Bradwen dizer "Oi, cara", bastante animado, o que certamente significava alguma coisa. O garoto desviou o olhar, examinando o estacionamento. Sam, que estava no carro, começou a latir, agitado.

Bradwen dirigiu com muito cuidado pela estradinha, coberta por dois centímetros de neve. Ela ficou sentada com as mãos no colo e contou os gansos. Todos os quatro estavam ali, e agora, por causa do branco ao redor das aves, viu como estavam sujos, como era intenso o alaranjado de seus bicos. As ovelhas estavam muito mais negras que o normal. Só quando olhou para a frente, para a casa, viu a marca de pneus.

"Alguém esteve aqui", falou ela.

Dessa vez não havia nenhum bilhetinho na porta.

Quanto tempo faz que eu dei comida aos gansos?, perguntou-se. Mais tarde, quando levou alguns pedaços de pão para as aves, já estava escuro, viu que as marcas de pneu seguiam pelo campo e que as ovelhas estavam amontoadas na divisa.

41

Na manhã seguinte, a neve já tinha cinco centímetros. As folhas das roseiras, que o jovem havia plantado na véspera, na terra preparada, estavam brancas.

"Tenho que ir a Caernarfon", disse ela após o café da manhã. Como de costume, Bradwen já tinha comido muito. O café acabara de ser posto na mesa.

"O que vamos fazer lá?"

"Eu."

"O que você vai fazer lá?"

"Não é da sua conta."

"Quer que eu dirija?" Ele tentava não parecer magoado.

"Não."

Ele não disse mais nada.

"Obrigada."

"O que eu vou fazer?"

"Veja aí. Talvez você devesse ligar para os seus pais."

Ele respirou fundo e apontou com o polegar sobre o ombro em direção à abertura da escada, do outro lado da parede. "Obrigado por ter lavado as minhas roupas."

Ela acendeu um cigarro. "Acenda a lareira na sala e, se quiser, no seu quarto também."

"Não tem mais muita lenha."

"Se acabar, acabou."

"Devo enfeitar a árvore de Natal?"

"Faça isso."

"Onde?"

Ela deu uma olhada ao redor da cozinha. Ao lado do aparador, havia um espaço vazio. Fez um sinal com o cigarro. "Ali?"

"É um bom lugar, daí também podemos ver da sala. Em que recipiente posso colocá-la?"

Não olhou para ele. Ela não conseguia olhar para ele. Onde é que se coloca uma árvore de Natal com um torrão de terra? Apagou o cigarro. "Talvez você encontre alguma coisa no estábulo, ou lá atrás. Não sei."

"Eu encontro alguma coisa", disse o rapaz.

O cachorro se ergueu e se sacudiu, foi até ela e começou a lamber sua mão. Ela começou a chorar.

O jovem não se levantou. "Não precisa chorar", disse ele. "Não sei por que você está chorando e, se eu perguntasse, você diria '*ach*', o que não ajudaria. Mas você não precisa chorar."

"Não", disse ela, e fungou, limpando o nariz.

"Quando você voltar de Caernarfon, o que quer que você for fazer lá, a árvore de Natal estará pronta e a lareira da sala, acesa. Daqui a pouco vou até Waunfawr, então também vai ter pão fresquinho. Não que você se interesse por comida, mas vai ter. E eu não vou ligar para os meus pais, não vou ligar para ninguém, porque eu agora estou aqui. Hoje à tarde, às cinco e quinze, você vai se sentar no sofá, ligar a televisão e assistir a *Escape to the Country* e, enquanto você faz isso, eu vou cozinhar. Peixe. Você vai comer tudo, vai tomar duas ou três taças de vinho e talvez, depois do jantar, nós possamos desenhar um jardim juntos, ou assistir a um filme. Perto do Natal a BBC sempre passa filmes bons. Em seguida você vai para a cama, se você quiser eu também acendo a lareira no seu quarto, uma hora antes. Quando você quiser, posso ir a algum lugar com o carro e o reboque para buscar mais lenha. Também posso pagar. Sam e eu estamos duas portas adiante. Estamos aqui. Estamos esperando o cordeiro que aquele fazendeiro, Rhys Jones, prometeu."

Ela se sentou. "Sim", disse. "O cordeiro. Ele esteve aqui ontem."

"Eu vi."

"Trouxe feno para as ovelhas."
"Eu também vi isso."
"Eu continuo pensando que você é um ginasta."
"O quê?"
"Um daqueles que fazem exercícios no solo."
"Nunca ouvi isso antes."
"Quando você caminha, se senta, está serrando ou cavando com a pá." Ela queria acender outro cigarro, mas desistiu, porque então teria de fumá-lo, quando na verdade queria tomar um banho de banheira. Um banho e então partir. Levantou-se.
"Com frequência você diz 'nós'", disse ela.
"É porque nós estamos aqui juntos."
"Acho que é por isso que eu choro."
"Mentirosa."
"É." Ela saiu da cozinha. No banheiro, tirou os três últimos analgésicos da cartela e tomou com alguns goles de água fria.

Ela dirigiu devagar — não jogavam nada para derreter a neve e o gelo nas estradas menores — e, na descida da colina, segurou firme no volante. Na via dupla para Caernarfon tinham jogado areia, mas também ali os poucos carros seguiam lentamente, era como se todos levassem em conta que a qualquer momento pudesse começar a nevar de novo. Não posso ficar acomodada porque me sinto segura, pensou. Ficar encolhida junto à lareira. Deixar que ele tome conta das coisas. Deixar que o cachorro fique me lambendo. Parou no acostamento e saiu do carro sem vestir o casaco. Com dificuldade, pulou uma cerca, andou um bom pedaço pela neve e, só então, se virou. Olhou para suas pegadas, olhou para o carro, estremeceu. É isso aqui, pensou. A situação é essa aqui. Seus sapatos estavam molhados; seus dedos, frios. Um carro vazio, no acostamento, árvores sem folhas, colinas, frio. Um texugo que não aparecia mais; ficar parada num lago com água que chega até a cintura, sem objetos pesados nos bolsos. O cheiro de uma mulher velha no meu corpo. É isso aqui. A situação é essa.

42

Como da vez anterior, não havia ninguém na sala de espera, que ficava imediatamente após a porta de entrada. Nenhum assistente, nenhuma campainha anunciando que alguém havia entrado. Ela se sentou em uma das quatro cadeiras e ficou esperando. Passados cinco minutos, ainda não havia sido chamada, acendeu um cigarro. Não ouvia nenhuma voz por trás da porta do consultório, de vez em quando passavam ao longo da janela pessoas que olhavam para dentro, curiosas. Numa mesinha de fórmica, havia um cinzeiro limpo e uma pilha de revistas.
"Ah, a senhora dos texugos."
Ela levantou o olhar e deu um suspiro.
"Não seja tão negativa de imediato", disse o médico. "Estou só brincando. Entre."
Não havia nada em sua mesa, nenhum papel com que estivesse ocupado. Ela já estava tão acostumada com o fato de que ali se fumava em quase toda parte que nem tinha apagado o cigarro no cinzeiro da mesinha da sala de espera. Fez isso então, no cinzeiro quase cheio do médico. Olhou para o crucifixo, que alguém tinha endireitado.
"Seu cabelo está bonito. Ainda que um pouco curto."
"Obrigada."
"Shirley é uma cabeleireira muito experiente. E não só isso, ela também é a última na cidade."

Ela o olhou.
"Então achou que agora seria preciso?"
"O quê?"
"Vir me consultar?"
"Sim."
"O que posso fazer por você?"
"Analgésicos."
"Isso, você pode comprar na farmácia, não precisa de mim."
"Não estou falando de aspirina ou paracetamol." A última palavra soou estranha, não tinha certeza se era inglês.
"Do que você está falando, então?"
"O senhor é quem deve dizer, eu não entendo disso."
"Vá primeiro sentar-se ali. Quero ver o seu pé."
"Não tem nada de errado com o meu pé. Não mais."
"Vamos ver."
Não posso parecer difícil, pensou. Não tem nada de mais. Foi se sentar na maca de atendimento e tirou o sapato e a meia molhados. A pele de seu pé estava enrugada. Também posso me deitar, pensou. Deitar, me entregar e ver o que acontece.
O médico pegou seu pé. "Sarou bem. Voltou a sentir algum incômodo?"
"Não. O bicarbonato faz maravilhas. O senhor tinha toda a razão." Ela olhava fixamente para a parede por sobre o ombro do médico. Só agora via — provavelmente porque a luz incidia de outra forma, ou porque antes tinha olhado sem realmente prestar atenção — que, no pôster sobre HIV, era possível ver o torso de um homem de pele escura. Não de frente, mas de lado, fora de foco, uma bunda arrebitada. Agora ela entendia o *Exit only* escrito na parte de baixo. O pôster devia ser muito velho, e ela se perguntou por que esse homem tinha uma coisa assim pendurada em

seu consultório. Não é uma imagem que possa agradar a muitos pacientes nesta cidade, pensou.

O médico pegou a mão dela e pôs dois dedos sobre seu pulso. "Humm", fez ele. Segurou sua cabeça entre as mãos, puxou com os polegares a pele sob seus olhos e a examinou. Depois passou a mão ao longo do braço dela, enquanto punha a outra mão no joelho. Se eu não fumasse, pensou ela, o fedor da boca dele seria insuportável. "Dor de cabeça?", perguntou ele.

"Sim."

"É a única coisa?"

"Não."

"O que mais está causando problemas?" A campainha soou na sala de espera. Ele olhou rapidamente para a porta e aproveitou a oportunidade para tossir, sem pôr a mão na frente da boca.

Ela deixou seu corpo deslizar da maca de atendimento e ficou bem na frente dele por um instante, antes que ele desse um passo para trás. No pomo de adão em seu pescoço esquelético, havia alguns fiozinhos de barba. Para alguém que tinha acabado de pôr uma mão no joelho dela, quase como se fosse Sam descansando sua cabeça ali, ele foi rápido em dar um passo para se distanciar. Ela foi se sentar na cadeira e acendeu um cigarro. Pela primeira vez teve a sensação de que era capaz de lidar com esse homem.

O médico também foi se sentar novamente e não tinha intenção alguma de ficar de fora. Fumaram juntos. "Você compreende que eu não posso receitar analgésicos fortes sem mais nem menos?"

"Eu não entendo."

"Existe algo como um código de ética profissional."

"O senhor não estava se importando muito com isso da última vez, na cabeleireira."

"Aha. Você achou que eu não devia falar sobre pacientes com Shirley? Isso não é a mesma coisa que receitar medicamentos sem motivo."

"Sem motivo? Quem disse isso?" Ela assoprou uma nuvem de fumaça no rosto dele.

O médico assoprou outra nuvem de volta. "Então, eu pergunto mais uma vez: qual é o seu problema?"

"Estou doente."

"Quão doente?"

"Isso, eu não sei."

"Não está fazendo tratamento? Na Holanda?"

"Claro que sim."

"Por que então você não quer dizer o que está acontecendo?"

"Isso não é da sua conta."

"Sou médico. Tenho que lidar com regras e com a minha consciência."

"Sou uma paciente eventual. Talvez eu volte amanhã para a Holanda. Aquilo com o texugo foi um incidente. Eu sou uma turista."

"Onde é a dor?"

"Por toda a parte. Às vezes é como se eu estivesse com dor de dente no corpo inteiro."

"Dor de dente?"

"Quando a gente vai ao dentista com dor, e você acha que sabe onde é, e o dentista começa a trabalhar em um dente completamente diferente, o que surpreende, mas no dia seguinte a dor passa."

"Humm."

"E eu tenho sentido odores."

"Isso me parece saudável."

"Não, coisas que não existem. Ou coisas que eu imagino, e aí sinto o cheiro, realmente."

O médico não quis se aprofundar nisso. "Se eu lhe receitar os medicamentos..."

Ela o olhou, tentando ver o que ele queria dizer. "Sou uma turista", disse mais uma vez. "Eu estou aqui por acaso. Poderia ter ido ao médico em Bangor."

"Não posso permitir isso."

Ela fez um gesto para o cinzeiro, agora quase cheio. "E o que o senhor faz?"

"Desculpe?"

"O senhor está se matando de tanto fumar, embaixo de um pôster com uma bunda preta e um crucifixo. O senhor mesmo fez piadas sobre isso. Não há alguém que impeça?"

Ele olhou para a parede. "Não estou entendendo bem..."

"Não tem nenhuma consequência o fato de você fumar assim? É irrelevante?"

O pomo de adão subia e descia. "Minha esposa reclama disso", pigarreou ele, depois começou a tossir.

"Mas o senhor não se detém por causa dela."

"Não. Há alguém que a detém?"

"Não. Eu sou sozinha. Completamente sozinha. O senhor fez anotações da minha consulta anterior?"

"Claro."

"Destrua-as. Esqueça que eu estou aqui agora." Continuou olhando para ele. "Meu nome está lá?"

"Não."

"O que está, então?"

O médico olhou-a de volta. Tragou seu cigarro, que já estava queimado quase até o filtro, olhou para o cinzeiro. Da sala de espera, veio o som de uma cadeira sendo arrastada, ouvia-se claramente. Ele jogou a bituca no cinzeiro, sem apagá-la. Em seguida, abriu uma gaveta e, depois de remexer e procurar, tirou um formulário que dobrou duas vezes, lentamente, antes de rasgá-lo em pedaços. Os fragmentos sumiram na lata de lixo. Pegou uma caneta e começou a prescrever uma receita. "Você sabe onde fica a farmácia. Vou lhe dar isso e não quero vê-la aqui nunca mais."

"O mais forte que tiver."

Sem olhar, amassou o papel e preparou uma nova receita. Entregou a ela. "Não a conheço", disse ele.

Havia uma mulher na sala de espera. Uma mulher de cabelos descoloridos, presos. Sem vida, sob a luz da lâmpada fluorescente. Folheava uma revista muito velha. "Olá, querida", disse ela.

Shirley, ela pensou. Se eu fosse obrigada a inventar um nome para ela, teria escolhido exatamente este. "Bom dia."

"Não seja tão formal! Gostou do novo corte?"

"O que a senhora disse?"

"Seu cabelo. Gostou?"

"Sempre tive o cabelo assim."

A cabeleireira a olhou boquiaberta.

"Consulta grátis?", perguntou ela.

"O que você disse?"

"Desculpa, pensei que a senhora fosse outra pessoa."

Abriu a porta e pisou logo na calçada coberta de neve. Com cuidado, foi arrastando os pés em direção à farmácia. Mal havia luz no salão de cabeleireiro, as lâmpadas estavam acesas em torno de um dos quatro espelhos, a porta não estava entreaberta. A perfumaria em frente tinha um grande cartaz na vitrine anunciando uma liquidação e que todos os artigos estavam com cinquenta por cento de desconto. *Algum dia só haverá texugos andando por aqui, as pessoas já começaram a ir embora desta cidade*, ouvia o homem que ela não conhecia mais dizendo. *Ou simplesmente morrem, isso também acontece, naturalmente*. A farmácia estava aberta. Havia até clientes no balcão. Aqui não faziam liquidação.

O jovem que a atendeu ficou olhando bastante tempo para a receita e então a fitou, talvez para perguntar por que faltava o nome do paciente. Ela o olhou como havia olhado para a cabeleireira pouco antes, e o jovem foi para o fundo da farmácia. Depois de ter recebido a sacola plástica com os comprimidos, foi andando pelo outro lado da rua até o estacionamento. Passou por sua cabeça que, para aquele jovem, ela sempre tivera aquele cabelo. Ele não a conhecia de outro jeito. O cachorro, que veria nela uma igual, também não, a propósito. Na vitrine de uma loja esportiva, aquela na qual havia comprado o mapa, havia cabeças de manequins com gorros. Um dos gorros era azul-pastel, da marca Patagônia, com uma barra de vários outros tons de azul, do bem claro ao bem escuro, como um código de barras. Isso a fez pensar na montanha, no que o rapaz dissera na véspera, pela manhã. Ela havia escutado, mas simplesmente não tinha respondido. Entrou na loja, comprou o gorro e pediu que embrulhassem em papel de presente. Ficou observando como o vendedor era pouco habilidoso com o rolo de fita adesiva. Sentiu calor, e um músculo em sua perna direita tremeu. O gorro era caro. Não importava, pensou, não preciso me preocupar com isso. "*Tot ziens*", disse ao vendedor. Ele a olhou surpreso, Só quando estava do lado de fora compreendeu, em parte, o que havia acontecido: aparentemente, ela se despedira em holandês, tinha certeza de que tinha dito "*Goodbye*". O relógio no arco da muralha da cidade marcava onze e quinze.

43

O rapaz não estava em casa. Ela pôs o gorro embaixo da árvore de Natal, que estava em um canto ao lado do aparador, com as luzinhas acesas e cheia de festões e bolas. Ele a tinha colocado sobre uma tina de zinco com um monte de pedaços de cascalhos de ardósia, para garantir a estabilidade. Ela subiu a escada devagar, empurrou a porta do banheiro, colocou os comprimidos sobre a prateleira em cima da pia e tomou um imediatamente, sem ler a bula. O médico não havia falado nada sobre a dosagem. Os rolinhos de pastilhas para tosse também estavam na prateleira, ainda fechados. Sentou-se no vaso sanitário. A cólica que ainda sentira no carro tinha voltado. De novo. Toda vez que pensava em rasgar o papel higiênico, tinha de recolher a mão. "Bem", disse baixinho, cotovelos nos joelhos, cabeça voltada para o piso cerâmico. Depois de se limpar, encheu a banheira pela segunda vez naquele dia, pondo de novo um bom tanto de Native Herbs. A espuma de banho tinha um cheiro forte. Um cheiro de verdade. Tirou a roupa e entrou na água quente. Pensou no monólogo do rapaz, tudo o que ele havia enumerado, que tinha dito sem vacilar, como se já tivesse pensado a respeito antes, como se houvesse um plano subjacente. Tentou sentir o que o comprimido fazia em seu corpo, imaginando que os princípios ativos começavam a fazer um trajeto do estômago para outros lugares e, com sorte, chegariam rapidamente à sua cabeça. Quando um langor prazeroso tomou conta de seu corpo, ela se deu conta de que logo seria Ano Novo.

"Hello!" Não era Bradwen. Se fosse ele, teria transformado aquilo numa pergunta. Rhys Jones. Já estava na porta da casa; e ela, na banheira. A porta da frente levava diretamente para a escada. Nessa casa, a ideia obviamente era ir imediatamente para o andar de cima. Ela teria de sair da banheira, a porta não estava trancada. A água remexeu, fazendo barulho, ela sentia que o comprimido havia cumprido sua função. Foi seu próprio corpo que saiu da banheira, mas com uma ligeira delonga. Não tinha ouvido nenhum carro chegar. Pegou a toalha no ganchinho da porta, pressionando-a contra os seios. Batiam à porta, com bastante força. "Vá embora", disse ela. No silêncio que se seguiu, encostou a cabeça na madeira da porta. Acreditou ter escutado a respiração dele e, ao mesmo tempo, ouviu a mulher do padeiro dizendo algo. E se ainda fosse viva, jamais deixaria que ele comesse tanta torta. Quem dera estivesse na padaria agora, com as botas nos pés. A água da banheira oscilava, era muito clara.

"Vou esperar na cozinha."

Ela recuou, a voz dele vibrou na madeira. Escutou quando ele descia a escada. Ela se secou, deixando o tampão na banheira; o borbotar da água faria barulho demais. Lentamente, vestiu a roupa. Cólica sem sentir realmente dor no ventre, sem pressão atrás dos ouvidos, uma sensação de torpor na cabeça. Antes de abrir a porta, deu uma olhada para a estradinha coberta de neve pela janela. Por que Bradwen estava demorando? Os gansos estavam amontoados em frente ao abrigo. Em frente, nem uma única vez dentro. Bichos burros.

Rhys Jones estava sentado na cozinha, na cadeira mais próxima à árvore de Natal, com o gorro embrulhado nas mãos. Havia algo estranho nele, algo diferente.

"O que o senhor está fazendo?", perguntou ela.

"Suponho que você não ponha um presente para si mesma embaixo da árvore de Natal."

"E daí?"

"Presumi que você tinha comprado isso para mim."

"O quê?"

"Quem mais vem aqui?" Ele apertou o pacote. "Parece que são meias."

"Ponha de volta."

"Não é para mim?"

Eu poderia pegar uma faca, ela pensou. A panela pesada de ferro, se for necessário. "Não."

"Afinal, você mora sozinha aqui? Não foi isso que disse ao agente imobiliário quando assinou o contrato de aluguel por temporada?" Ele pronunciou com ênfase a palavra *temporada*.

"Senhor Jones."

"Pode dizer Rhys."

"Senhor Jones, o senhor pode por gentileza colocar o pacote onde estava?"

"Está bem, está bem, se você quer continuar sendo tão antipática." Ele se levantou e pôs o gorro embaixo da árvore. Endireitou as costas, virou-se e foi para a sala. A porta da frente se abriu.

Ela olhou ao redor. A cozinha estava segura por um momento. As três plantinhas floridas no beiral da janela, o bule de café sobre o fogão, a árvore de Natal. Ainda assim, olhou rapidamente a gaveta de talheres, a divisão maior. A porta da frente se fechou. Rhys Jones entrou na cozinha com um engradado de plástico. Ela olhou para os pés dele e, enquanto fazia isso, soube o que estava diferente nele: o cabelo grosso e oleoso estava um pouco mais curto, ela via suas orelhas pela primeira vez.

"O cordeiro", disse ele. Ele pôs o engradado sobre a mesa.

Ela olhou dentro. Alguns pedaços de carne de cor bastante escura. Pôs uma mão no pescoço. "É um cordeiro inteiro?"

"Não. A metade."

"Metade?"

"Na verdade, eu queria dar para você um quarto de cordeiro, mas daí é muito pouco. Então, pus a mão no coração e relevei." Enquanto dizia isso, ele pôs uma mão na bunda dela, como se fosse o coração que tinha tocado, ou um pernil de cordeiro.

Ela não tocou a mão dele, era a mão com o dedo da unha quebrada. Deu um passo para o lado, o mais tranquilamente possível, posicionando-se fora de seu alcance, e em seguida foi para mais longe, para o outro lado da mesa. Ficou bem em frente ao criador de ovelhas. "Pode levar embora."

"Não é bom o bastante?"

"O que o senhor quer?"

"Vim trazer uns pedaços de cordeiro para você. Inteiramente grátis."

"Eu não quero. Detesto carne de cordeiro."

"Isso é uma pena. Vou deixar aqui de qualquer forma. Cumpri a minha obrigação."

"Então o senhor já pode ir embora."

"Você está muito diferente em relação à vez passada", comentou ele.

"Então o senhor já pode ir embora."

"Foi ao cabeleireiro? Na Shirley?"

Ela havia posto as mãos sobre o encosto de uma cadeira. Shirley. O médico, aquele homem na sua frente, o casal de padeiros. Todos se conheciam. Só Bradwen estava fora disso. Por que ele estava demorando tanto? É verdade que, como ele já havia enfeitado a árvore de Natal, agora possivelmente demorasse para voltar. Olhou para o relógio. Quase meio-dia e meia. Preciso fazer alguma coisa, pensou. Não importa o quê. Foi até a sala e abriu a portinha da lareira. Jogou dois pedaços de lenha sobre a brasa, empurrou os tocos pra lá e pra cá com o atiçador. Notou que dava as costas para Rhys Jones, inclinada para a frente. Sentia-se forte.

O criador de ovelhas veio para trás dela. Sentou-se no sofá, com um braço sobre o encosto, espaçoso. "Não vai me oferecer café?", perguntou ele. "Senhora dos texugos."

"O que o senhor disse?"

"Disse mulher dos texugos."

"Não vou oferecer café ao senhor. O senhor pode ir embora." Ficou parada junto à lareira e não pôs o atiçador de volta no cesto de lenha.

"Meu amigo da imobiliária ligou."

Ela olhou para as meias dele.

"Encontraram um sobrinho-neto. Mora na Inglaterra. O contrato de aluguel não será prorrogado."

Ela passou o atiçador para a outra mão.

"Como meu amigo é um cara legal, e também sabe que 1º de janeiro está bastante perto, você tem até o dia 5 de janeiro para retirar as suas coisas. Mas nós passaremos aqui no ano novo para verificar o estado da casa."

"Sem problemas."

"Não?"

"Não. Nada desta velharia é meu. Não preciso de um caminhão de mudança." Olhou para fora da janela, era como se sentisse que, naquele momento, Bradwen apareceria sobre a mureta do jardim. Dessa vez ele não saltou, subiu. Sam pulou, caindo ao lado dos galhos de amieiro e carvalho. Aparentemente, lembrava precisamente onde eles estavam. Estranho que ele tenha vindo daquele lado, pensou ela. O jovem caminhava sobre o gramado coberto de neve e parou na parte em que a grama tinha sido removida. Perguntou-se se ele podia vê-la. A sala estava bem escura, só com aquela janela, mas a luminária estava, como todos os outros dias, acesa. Bradwen deu um comando ao cão, Sam recuou e se sentou sobre as patas traseiras, as roseiras tiravam-no parcialmente do campo de visão. Por que ele está parado ali?,

pensou ela. Será que daquele lugar ele vê o carro de Rhys Jones? E o que mais?
"Terá tempo suficiente para comer o cordeiro."
"Eu não como cordeiro."
"Como quiser. A viúva Evans gostava muito. Chegou aos noventa e três anos assim." Ele levantou o olhar. "Por que você está aí? Venha se sentar aqui no sofá."
"Está na hora de o senhor se retirar", disse ela. "Cumpriu a sua obrigação e trouxe o recado."
"Ainda não contei como a viúva Evans morreu."
"Isso não me interessa, eu não a conhecia."
"Acho que vai achar interessante, sim."
Pelo canto dos olhos, viu Bradwen ainda parado no mesmo lugar. Ela balançou a cabeça, perguntou-se se o homem no sofá realmente podia pensar de maneira tão primitiva. Ele, viúvo; ela, aparentemente, sem um homem. *O que nos impede?* O jovem mexeu um braço. Será que estava reagindo a seu movimento de cabeça? Ela ergueu o atiçador, embora não soubesse exatamente o que queria demonstrar com aquilo. "Cigarros", disse.
"O quê?"
"Na cozinha. Meus cigarros estão lá." Sentiu-se incomodada por não ter ido à cozinha sem dizer nada. A cozinha da casa que até 5 de janeiro era dela. Parou em frente à janela e fez um sinal a Bradwen de que iria para fora, pôs o atiçador sobre a mesa e acendeu um cigarro. Depois foi direto para a porta da frente, abrindo-a. Isso foi demais para Sam, que se levantou e foi latindo em direção dela. O rapaz deixou o cachorro, não gritou ordenando para que voltasse.
Rhys Jones saiu de uma forma surpreendentemente rápida do sofá. "Sam?", disse ele.
O cão desviou um pouco sua direção, correu para o criador de ovelhas e pulou em seus braços.

Rhys Jones perdeu um pouco o equilíbrio.
Ela olhou para Bradwen. E depois olhou para o criador de ovelhas, cujos olhos pareciam mais marejados que o normal.
Sam farejava, lambia e latia.

44

"*Smai, Dad*", disse Bradwen.
Rhys Jones não respondeu ao cumprimento e pôs o cachorro no chão. "*Stay*", disse ele. Seus tamancos estavam na soleira da porta, com as pontas voltadas para fora, podia calçar facilmente. E ele fez isso, manteve o equilíbrio apoiando uma mão na esquadria da porta. O cachorro olhava para ele e arfava, excitado. Jones não olhou para Bradwen. Seguiu pelo caminho de cascalhos até seu carro, que estava ao lado da casa, com o para-choque dianteiro quase encostando no estábulo. Abriu uma porta do carro. "Sam", chamou. O cachorro — que havia tentado olhar ao lado da casa, com a cabeça inclinada, nervoso — saiu em disparada e pulou no carro, sem vacilar. Era um salto que já havia feito muitas vezes.
Nesse ínterim, ela também tinha ido para fora, de meias. Formara-se uma espécie de triângulo. Rhys Jones junto ao carro, Bradwen ao lado do futuro canteiro de rosas e ela em frente à porta. Não fazia mais tanto frio, o último restinho de neve pingou de uma folha de roseira.
"Então, as meias são para você?", indagou o criador de ovelhas. Não era realmente uma pergunta, ele dera a volta no carro e já tinha aberto a porta do lado do motorista.
"Meias?", perguntou o jovem.
Ela olhou de um para o outro. Se Bradwen é um ginasta,

pensou ela, Rhys Jones é um judoca que parou de treinar vinte anos atrás. Tragou seu cigarro, bem fundo, e soprou a fumaça, que ficava grossa no ar úmido. Rhys Jones sentou-se atrás do volante e ligou o carro. Sam estava sentado a seu lado, olhava alerta para a frente, a língua para fora. Um cão pastor. Contente. Ao lado de seu verdadeiro dono, o macho alfa. De repente, entendeu por que o cão se sentava com tanta frequência junto a ela, porque já no primeiro dia tinha deixado seu posto de vigia em frente à porta do banheiro tão facilmente: ela estava no mesmo nível que o rapaz. O carro preto, na verdade uma caminhonete, deu ré, sumiu do campo de visão. Viu diante de si a prateleira abaixo do espelho, a primeira caixinha de comprimidos. Da mesma forma que tinha sentido seu corpo emergir da banheira com um pequeno atraso, tudo ali fora também parecia um pouco dessincronizado. E ela queria que permanecesse assim.

Shirley, o médico, o casal de padeiros, Rhys Jones e Bradwen. O jovem ficava como que nu, assim, sem cachorro, atrás dos vasos com roseiras finas, murchas, as alças de uma pequena mochila cruzando o peito. "Venha", chamou ela, quando já não se ouvia mais o barulho do carro. Se ela não o chamasse, ele provavelmente teria ficado onde estava. Ela jogou fora o cigarro e agarrou o jovem. A mochila atrapalhava, ela enfiou as mãos entre as costas dele e a bolsa, apertou-o contra o peito. Ele cheirava incrivelmente bem. Ela deixou sua mão deslizar e puxou seu tronco contra o dela.

"Meias?", perguntou ele de novo. Ela sentia a respiração quente dele em seu pescoço. Ele havia colocado os braços frouxos em torno dela.

"Aquele homem não sabe do que está falando", disse ela. Viu o carvalho deitado no chão, como um candelabro caído, com braços desiguais. Se a árvore ficasse ali, com o tempo se tornaria uma segunda ponte coberta de musgo. O cheiro de pão fresco encobriu o cheiro do jovem.

45

O marido moveu a perna. Era a sensação que tinha atualmente. Antes ele tinha de mover apenas o pé, mas, nos últimos dias, parece que a bota de gesso se tornara mais pesada e a perna era um chumbo. Não podendo dirigir, embarcou no bonde número 4 até o De Pijp, onde tinha combinado com o policial no café da Van Woustraat. Estava contente por não ter de ir sozinho à casa de seus sogros. Entre o café e o endereço dos sogros, a neve não fora removida da calçada, e eles ainda não tinham espalhado areia nas ruas; o agente teve de protegê-lo de uma queda mais uma vez. A TV estava ligada — transmitia uma corrida de patins no gelo — e era possível ouvir a voz dos comentaristas, mas não dava para entender o que diziam. O patinador que ele vira antes no pôster afixado no ponto do bonde fazendo publicidade de pão estava correndo uma prova de longa distância. Seu sogro tinha preparado chá, porque o policial preferia chá a café. Ao lado da TV havia uma árvore de Natal colorida, toda enfeitada; seus sogros gostavam de coisas antiquadas. As velinhas só eram acesas nos dias de Natal. O triângulo no beiral da janela, este, sim, estava aceso, as velas coloriam uma amarílis branca de um suave alaranjado.

"Como eles entenderam isso?", perguntou o pai.

"Não faço ideia. A mulher que me ligou disse: 'Essa informação é confidencial'."

"Uma mulher?"

"Sim."
"Gales. Como ela foi parar lá? O que tem em Gales?"
"Um país de língua inglesa é uma escolha óbvia, claro."
"E o que você tem a ver com isso?"
O policial olhou brevemente para o marido antes de dar uma resposta ao pai. "Ele não pode dirigir", disse, e apontou para o gesso. "Ainda tenho muitos dias de férias. Se eu não usá-los antes do fim do ano, vou perdê-los."
"Quando vocês vão partir?"
"Na semana que vem."
"Durante o Natal?"
"É. É Natal em toda parte."
"Você não tem esposa? Não tem filhos? O que eles acham disso?"
"Ah, eles acham ótimo", disse o policial. "Estão acostumados com meus horários de trabalho."
"Humm", fez o pai.
"Inacreditável", disse a mãe.
"O quê?"
"Este Kramer é uma fera. Ele ainda vai acelerar agora."
"Você ouviu pelo menos um palavra do que foi dito aqui?"
"Claro. Nunca me preocupei, de verdade."
"Eu, sim." Ele serviu uma segunda xícara de chá para todos. "Tenho que tomar valeriana à noite", falou ao agente. "Ou posso esquecer a ideia de ter uma boa noite de sono."
"É muito bom", disse o policial. "Também uso às vezes."
"Ah, é?"
"Você teve algum contato com ela?", perguntou o pai.
"Não, eu não saberia como", disse o marido. "O celular dela continua fora de área."
"Mas você tem o endereço dela."
"Sim. Ou melhor, eu tenho o nome de uma propriedade."
"Então poderia enviar uma carta."

"Seria possível." O marido olhou para a TV. "É realmente inacreditável que eles tenham descoberto onde ela está."

"É a profissão deles", disse o agente.

O marido se levantou. "Vou ao banheiro", falou, pegou uma muleta e foi saltitando da sala até o corredor. No banheiro, ele abaixou o assento e sentou-se com dificuldade. A porta teve de ficar aberta, para que houvesse espaço para o seu pé. Quando estava na sala, não conseguia pensar em sua esposa e tinha de tomar uma decisão sobre o que diria a seus sogros. Se lhes diria ou não. Pessoas esquisitas, totalmente inacessíveis. A maneira como seu sogro acabara de contar ao policial que tomava valeriana para poder dormir. A sogra com um caderno no colo no qual anotava os tempos de cada volta na pista. Não dava para entender. Perguntou-se quando fora a última vez que tinha escrito uma carta e se deu conta de quanto tudo aquilo era antiquado; caneta, papel, envelope, selo, caixa de correio. Sua axila ardia um pouco, o agente o tinha segurado ali três ou quatro vezes. Abriu a torneira e depois fechou de novo. Ali, aliás, ele também não conseguia pensar em sua mulher. Era impossível para ele imaginá-la numa propriedade rural.

Muita coisa havia mudado nos últimos dois meses, nem era mais estranho estar sozinho. Depois de alguns dias em casa, com o pé num banquinho, uma cervejinha na mão, tinha ligado para o consultório médico. Não quiseram dizer nada a ele. Ele tinha começado a falar palavrões e, só então, a ligação foi transferida para sua médica, que se manteve fria e também não abriu a boca. Ele havia perguntado sobre o resultado do exame de fertilidade, que fora totalmente esquecido durante a sua consulta. Aquela informação também era confidencial. Pouco antes de desligar, ela havia perguntado como estava o seu pé. A pergunta o fez rir e, quando ele desligou, ainda estava rindo. Ele não sabia, nem mesmo sabia o que exatamente poderia contar a seus sogros. Com dificuldade, conseguiu se levantar.

"Você demorou muito", disse a mãe.

"É." Apontou para a perna engessada.

"Estamos muito contentes, muito contentes mesmo que ela esteja bem", disse o pai.

"Não deveríamos fazer um brinde?", perguntou a mãe. A patinação tinha terminado, era intervalo comercial na TV, o volume estava totalmente abaixado. O caderno, ela pusera no beiral da janela.

"Sim, vamos fazer isso. Pegue um vinho branco para você", disse o pai. "A garrafa está aberta na geladeira, tem que terminar."

"Homens? Uma bebida?"

"Ótimo", disse o agente.

Homens, pensou o marido. Uma bebida. "Sirva um drinque para mim também."

"Aproveite e corte um salaminho", disse o pai quando a mãe já voltara as costas. "Foi caro?"

"Sim", respondeu o marido. "Foi bem caro."

O pai olhou para ele. O marido esperava que ele fosse se oferecer para pagar uma parte dos custos da investigação. Em vez disso, dirigiu sua atenção ao agente. "Por que afinal vocês não o puseram na cadeia?", perguntou.

"Porque ele é um cara bem legal."

"Você me informou mal", disse o agente. Eles caminhavam com dificuldade pela calçada lisa, voltando para a Van Woustraat. Após dois drinques, pareceu um pouco mais fácil caminhar ali.

"Eu sei", disse o marido. "É um casal esquisito."

"Essas coisas têm repercussão."

"O que você quer dizer?"

"Que eu posso começar a questionar a verdade nas outras coisas que você me falou."

"Você por acaso é investigador?"

"Não, sou um policial comum. Mas também sou um ser humano."

As muletas do marido escorregaram e ele teve de apoiar o pé com o gesso no chão. Ele não caiu. Mais uma vez, o agente o segurou com força.

"Nunca", disse ele, enquanto ajudava o marido a se endireitar. "Nunca se sabe exatamente o que alguém pensa ou sente."

"Vamos comer?", convidou o marido. "Não tenho nada em casa."

"Está bem", disse o policial. "Um pouco mais à frente tem um restaurante turco. Você consegue chegar lá."

"Você pode ficar assim na rua? O que a sua esposa acha disso? Seus filhos não vão sentir sua falta?"

O agente sorriu.

Eu preciso de uma espécie de ombreira, pensou o marido. Mas na axila. Axileira. Ele tinha conseguido retomar o passo, pressionava com firmeza as muletas na neve. Poderia enviar um postal, com um selo de carta prioritária. Algo bem antiquado, mas é a única maneira.

46

Ela rasgava pedacinhos do pão e atirava para os gansos. Três aves comiam o pão, a quarta estava de olho nela. Quase não havia mais sinal de neve, saía vapor da terra, entre os troncos de carvalho no bosque, atrás do abrigo dos gansos já escurecia. Algumas ovelhas estavam em volta do feno, a maioria pastava. "Estranho", disse ela. "No começo eles desapareciam muito rápido e agora já faz um bom tempo sobraram estes quatro."

O jovem não disse nada.

"Não são de ninguém. E se eu fosse embora agora."

"Eu ainda estaria aqui."

"Sim", falou lentamente. "Você ainda estaria aqui?"

O rapaz pigarreou.

Ela olhou para a esquerda. Um ruído que ela já tinha escutado antes soou entre os carvalhos, mas ela não reconheceu de imediato. Até um pássaro grande, marrom, voar de um galho.

"Um *kite*, um milhafre!", disse Bradwen.

"Um pássaro", falou ela.

Ele planou baixo sobre o chão e desapareceu, como da vez passada, sobre a cumeira da casa, que ele parecia usar como pista de decolagem. Os gansos ficaram inquietos.

"É um milhafre-real."

Ela não conseguia entender. Sabia que aquela palavra "*kite*", pipa, que o rapaz já havia usado duas vezes, tinha outro significado, mas ela apenas conseguia imaginar algo em formato de diamante vermelho ligado a uma cordinha com um rabo feito de tecidos amarrados entre eles. Em algum lugar em sua cabeça, algo tinha de acontecer. O inglês dele precisava se tornar o inglês dela, para que ela simplesmente pudesse entendê-lo. "*Vlieger*", disse ela em holandês.

"O que você disse?"

"*Vlieger*. Não entendi o que você falou."

"Eu não entendi o que você falou."

Sua têmpora esquerda começou a latejar. Ela queria dizer "*kite*", tinha certeza disso, sua língua foi em direção ao palato, um pouco para trás, mas, em vez disso, soprou entre o lábio inferior e os dentes de cima, e sua língua relaxou, não de uma forma completamente voluntária, e acabou no limiar entre seus dentes e o palato. Bradwen começou a dizer coisas incompreensíveis, ele emitia sons, ela o olhou nos olhos, fixou-se no olho vesgo, na esperança de que ele pudesse lhe esclarecer alguma coisa que não fosse através de palavras e sons.

"There, there." Isso, ela entendeu. Seus braços em torno de seu ventre, novamente como se ele temesse que algo pudesse cair, isso ela também reconhecia. A respiração dele em sua nuca. Os gansos fingiam não ver nada, estavam mais brancos do que antes, os bicos agora mais amarronzados, não mais da cor laranja forte como na neve. Entrem uma única vez, por favor, ela pensou. Quase não se viam mais as ovelhas. Pôs suas mãos sobre a ripa superior da cerca. Como se, com este apoio, fizesse contrapressão ao rapaz. Alguém que passasse agora pela trilha poderia pensar que ele a estava estuprando. Pipa em inglês se chama "kite" por causa desse grande pássaro marrom?, perguntou-se. O milhafre, real ou não? Ele não está me estuprando, ela pensou. Ele está me protegendo. É um rapaz querido. Um lindo ginasta. E já deveria ter ido embora há muito tempo.
"Preciso de um remédio", disse ela.
"Que tipo de remédio?"
"Um que o médico me receitou hoje de manhã."
"Em Caernarfon?"
Ela ficou simplesmente parada. Parecia de novo normal conversar com ele.
O rapaz esfregou seu antebraço em seu ventre, continuou respirando em sua nuca. Não era mais um simples garoto, agora era um filho.
"Quero saber uma coisa", disse ela.
"Sim?"

"Como é que você, hoje à tarde, ou hoje de manhã, não sei direito…" Eu realmente não sei mais, ela pensou. Talvez já seja o dia seguinte? Olhou para o vapor que saía da terra. Onde foi parar a neve, assim tão rápido?

"Sim?"

Não era o dia seguinte, então? "Por que você veio pelo riacho e pela mureta do jardim?"

"Eu fiz um desvio pelo círculo de pedras."

"O que você foi fazer lá?"

"Olhar. Tinha neve, dava para ver pegadas."

"E?"

"Nada."

Nada de texugos, nada de raposa. Nada de cachorro. Era uma pena que Sam tinha ido embora. Se ele não tivesse ido com o criador de ovelhas, estaria agora encostado em sua perna, ou encostado na cerca, para alcançar a mão dela. Para lambê-la. A mão da mulher alfa.

47

Comprar, escrever e enviar um postal, isso não era nada fácil. Só escolher o cartão já era complicado. Na papelaria do bairro, havia sete prateleiras giratórias cheias. A loja estava incrivelmente movimentada, ele teve de usar as muletas como uma desculpa para conseguir chegar aos postais — "Cuidado, Josje, este senhor quer passar!". Tudo tinha um significado, ela poderia ler alguma coisa em cada imagem. No fim, a escolha ficou entre um cartão com um hipopótamo ou um com cachorro. Tirou da prateleira o cartão com o cachorro, até porque ela nunca se interessara por um animal doméstico assim, e a imagem do hipopótamo poderia ser entendida de forma equivocada. Um cartão neutro. Na hora de pagar, pensou bem a tempo nos selos e no adesivo de carta prioritária.

O estudante. Ela mesma contou a ele, muito calma. Ali, naquela sala, num domingo à noite. Ele acabara de voltar da corrida, foi antes de ele entrar no chuveiro. Ela disse que já tinha acabado havia tempo. Aquela fora a verdadeira razão de sua demissão, esclareceu em seguida. Durante a corrida, ele tinha sentido o cheiro de outono, tinha ansiado por competições com chuva fina. As corridas de outono. Estava ali na sala suado, de peito aberto. A confissão dela fora muito prática; ele havia escutado com calma. Agora ele sabia que ela havia omitido outra coisa. Durante uma semana eles se evitaram, depois ela sumiu. Dois dias após ela ter partido, ele reparou em um canto vazio na sala. Depois de dar uma volta pela casa e ver que faltavam outras coisas, procurou na gaveta da escrivaninha e encontrou algumas anotações: Nossa "respeitável" professora de Estudos de Tradução trepa com os alunos. Não é nem um pouco como sua amada Emily Dickinson: é uma vaca sem coração. Ele foi procurá-la. Visitou os seus sogros, dirigiu até a universidade. Ainda encontrou um papel daqueles num canto e, então, teve certeza de que o texto fora afixado em outras partes do edifício. Na sala dela, que não estava trancada, e onde não havia ninguém — confiam nos outros, esses acadêmicos —, ele finalmente havia conseguido imaginar o estudante, cujo nome ele nem mesmo conhecia, um jovem que talvez tivesse estado naquele mesmo lugar, com suas calças arriadas até os tornozelos. Aquela imagem mexeu com ele. Não a imagem de sua esposa; não, mas a imagem do jovem. Sem entender realmente o que fazia, rasgou alguns livros e jogou embaixo da mesa. Com uma caixa de fósforos que encontrou junto com as canetas, fez uma queima de livros. Quando isso fugiu do controle, sentiu o calor do fogo em seu rosto, abriu a porta e gritou "Incêndio!". Ele estava confuso, certamente, mas não era um piromaníaco.

Olhou longamente para o cachorro no cartão. Certamente, o animal não lhe diria o que escrever. Passou um grupo de ciclistas, meninas dando risadas, caminhando desordenadamente e ocupando a rua toda, digitando em seus celulares. Periquitos-de-colar chiavam no parque, no limite do bairro em que morava. Não era desagradável estar sozinho em casa. Tinha uma taça de vinho tinto bem na sua frente, na mesinha da sala. Ele se sentia mais tranquilo, mais à vontade. Da papelaria, foi cambeteando até a floricultura, onde comprou um grande maço de tulipas amarelas. Não Natal, sim primavera. As corridas de primavera também eram bonitas, agora ele tinha de focar nisso. Viu a si mesmo saindo sozinho, voltando sozinho, sem dizer "oi" ou "tchau", sem suspirar. Já tinha preenchido o envelope e colado dois selos; na loja não pensou na diferença entre correspondência local e para outro país europeu. Agora faltava o texto. O que ele queria dizer? Para ser bem sincero: não muito. "Estou chegando", escreveu e assinou seu nome embaixo. Pôs logo o cartão no envelope e lambeu a cola para fechar. Depois bebeu o vinho e ligou para o policial.

48

Pela facilidade com que Bradwen, mais uma vez, usava as chapas e o forno, ela percebeu que ele devia conhecer aquele fogão havia muito tempo. Tinha colocado ali dentro o pernil de cordeiro — com alho e anchova, como prometido —, mas só ele mesmo comeu. Só de pensar naquilo, ficava enjoada. Como ele arrumara aquela latinha de anchovas? Já tinha comprado antes? Ela acendeu um cigarro. Ele devia ter visto o pacote embaixo da árvore de Natal. Talvez ansiasse pelo presente, assim como ela antigamente olhava desejosa para os presentes no dia de são Nicolau e tinha de esperar até que alguém dissesse que podia abri-los. Ele costumava matar o tempo olhando com indiferença pela janela. Estalou os lábios. Havia algo estranho no gosto do cigarro. Enquanto ela não dissesse nada, ele não podia fazer nada.

"Vamos plantar as roseiras amanhã?", perguntou ele.

"Sim, pode ser."

Ele se sentou à mesa, um pouco perdido.

"Talvez possamos esperar mais um pouco", disse ela.

"Deve ter sido o Sam", falou o rapaz. Ele juntara suas mãos e esfregava um polegar no outro.

"O quê?"

"Raposas sentem cheiro de cachorros."

Ela tentava relembrar. Dez gansos, oito gansos, sete gansos. Viu-se ajoelhada, no escuro, pedaços de ardósia comprimidos em sua carne. Naquele momento havia quatro ou cinco, mas o rapaz e o cachorro ainda não estavam ali. Ou sim? "Você conhece o padeiro e sua esposa?"

"Sim."

"Então, por que não disse nada?"

"Você não perguntou."

"Não tem padeiro em Llanberis?"

"Tem. Meu pai já dizia há muito tempo que ele tinha se vendido para os turistas, que fazia pães que ninguém aqui queria. Coisas sofisticadas."

"Então, você não tem mais mãe?"

O jovem abaixou a cabeça. Olhou para seus polegares, passava a unha pelas rugas das juntas.

Eu não queria saber nada sobre ele, pensou ela. Ele

simplesmente tem de estar aqui. Mas também tem de ir embora daqui. E agora eu sei que ele é meio órfão, e que é um filho. Que deixou seu pai sozinho, levando seu cachorro embora. Sentiu-se exausta. Não queria mais saber nem ouvir nada sobre como ou por quê. "Sirva alguma coisa para beber", disse, bem alto.

O jovem pegou a garrafa que ela mesma poderia ter pego e serviu duas taças cheias. Ela ergueu a sua; o jovem ergueu a dele. Ela o olhou, ele retribuiu o olhar. A cozinha cheirava a carne. Ela levantou as sobrancelhas.

"Ao cordeiro", disse Bradwen.

"Não", falou ela.

"Às rosas?"

"Sim." E bebeu.

O cheiro do cordeiro era menos desagradável do que ela havia esperado, e uma taça e meia de vinho foi suficiente para mandar embora seu ligeiro enjoo. Falaram pouco durante a refeição. O jovem comeu muita carne. Ela o via comendo e imaginava um carneiro, com nádegas rijas, saliências cheias de força e vitalidade, saltitando pelas colinas. Entendeu por que Bradwen era tão musculoso, musculoso e forte; robusto como a carne que comia, que talvez tivesse comido durante toda a juventude. Viu que olhava de vez em quando para a árvore de Natal, para o pacote no qual supunha haver meias. Ele já não dizia mais que ela devia comer. Comia e bebia, e por um instante esqueceu que o cachorro não estava mais ali, ficou assoviando baixinho.

Ela balançou a cabeça. "Não", disse ela. Estava muito cansada. "Ele foi embora."

Quando ele terminou de comer, levantou-se para limpar a mesa.

"Deixe", falou ela. "Eu faço isso daqui a pouco. Primeiro vá olhar embaixo da árvore de Natal."

Ele não fez de conta que estava surpreso, foi direto pegar o pacote e voltou com ele para a mesa. "Meias", disse baixinho, num tom de reprovação, como se lembrasse do encontro com seu pai. Pôs o pacote sobre a mesa e tirou a fita adesiva, abrindo em seguida o papel de presente. Pegou o gorro em suas mãos, olhou, o olho estrábico mais torto que de costume. Em seguida, colocou o gorro sobre seus cabelos negros.

Ela bebeu um gole de vinho e acompanhou o rapaz, que se ergueu de sua cadeira e deu a volta na mesa. Veio para perto dela, dobrou os joelhos e, antes de ele começar a lamber sua mão como Sam, ela já sabia que ele o faria. Ela olhou fixamente para seu pescoço e para o gorro azul-pastel, debaixo do qual saíam os cachos de cabelo, e depois ela olhou para as velas no beiral da janela, que já estavam quase no fim. Na travessa de cerâmica, ainda havia um bom pedaço de cordeiro. Tentou lembrar se conhecia algum comando em inglês. Devia dizer o quê? Talvez "*Down!*"?

49

Acordou no meio da noite. O murmúrio do riacho estava bastante alto, tinha deixado a janela entreaberta antes de dormir. Será que foi isso que a fez despertar? Será que o vento tinha virado? Sentia-se inchada, como se tivesse comido meia panela de batatas e um prato cheio de pastinaca. Ouviu barulho no banheiro. Bradwen estava lá. Virou-se de lado com dificuldade, escutou o riacho. Imaginou a água correndo, dia após dia, para o mar, a água do mar evaporando, a água doce se separando do sal, as nuvens flutuando para a terra, a chuva caindo na montanha, a água alimentando o riacho. Logo em seguida, percebeu que o jovem não estava *no* vaso. Provavelmente, ele estava de joelhos na frente dele. Vomitando. Ergueu-se, afastou as cobertas. O quarto estava fresco. Não era uma sensação qualquer de inchaço, ela se sentia mal. Tão mal que quase não podia se levantar. A luz do corredor estava acesa, a porta do banheiro estava escancarada, foi andando com uma mão apoiada na balaustrada. Bradwen não tinha acendido a luz nem estava de joelhos; estava encurvado sobre o vaso, com as mãos na borda. Suas costas nuas como as de um animal doente, curvas mas fortes, arqueadas e ainda cheias de tensão. Um ginasta. Nunca o tinha visto assim antes. Pôs sua mão direita no alto das costas dele, tocou sem fazer pressão de um ombro a outro, passando pela nuca. "*There, there*", falou ela. Sentiu uma onda se formar sob sua mão, pôs sua mão direita na barriga dele, mais rija que o normal, ela imaginou, com músculos retesados, o dedinho pousado na borda de sua cueca. Era como se fosse ela, não ele, garantindo que ele botasse tudo para fora. Ele vomitava e cuspia, ela sentiu o corpo dele relaxar. Nunca antes se sentira tão próximo dele. Ao mesmo tempo, segurá-lo dessa forma a ajudava a se manter firme.

"Quem diria que você passaria tão mal com a carne do seu pai", disse ela.

Ele tossiu e cuspiu mais uma vez. "A carne?", falou.

"Eu não comi."

"Quem garante que não foi a sua mão?"

Ela olhou para a mão pousada sobre o ombro dele. Não, ela pensou, foi a outra, a esquerda, a mão que agora está na barriga dele. Uma mão infectada? O jovem se endireitou, limpou a boca e fez um movimento, afastando-a. Deu um passo para o lado, abriu a torneira e começou a escovar os dentes. Ela não conseguia ver direito o rosto dele no espelho só com a luz que entrava pelo corredor.

"Brincadeirinha", falou ele depois de enxaguar a boca. "Claro", disse ela.
Estavam um na frente do outro, mais um ao lado do outro. Ele pegou a mão dela e a levou à sua boca. "Brincadeirinha", disse mais uma vez, e beijou-lhe a mão. "Até amanhã." Ele saiu do banheiro e fechou a porta do escritório atrás de si.

Ela também não conseguia ver direito o próprio rosto no espelho. Lambeu as costas de sua mão esquerda, tinha gosto dela mesma. Tomou um comprimido. Mais tarde, na cama, o murmúrio do riacho soava mais caudaloso, e o ciclo da água que ela novamente imaginava se tornara infinitamente maior, mais azul, mais branco, mais molhado. Pôs as mãos sobre seu ventre. Assim, de alguma forma, era como se o jovem estivesse com ela e tinha mesmo a impressão de sentir a tensão dele irradiando por sua pele. Como teria sido fácil abaixar um pouco aquela mão, pôr sua outra mão em seu peito, puxá-lo contra ela, a cabeça dele sobre seu ombro, o pescoço indefeso, seu cheiro misturado com azedo. Dar e receber, pensou, no ponto em que, no ciclo imaginário, a nuvem solta chuva sobre a montanha. Ele atrás de mim, eu atrás dele. Ele tem de ir embora, mas não completamente. "There, there" e "ach", não há muito além disso.

A corrente caudalosa do riacho a puxava consigo, seus pensamentos se estendiam, ela quase adormeceu. Ainda teve tempo de pensar quanto aquilo era prazeroso, dormir. Como era separado de tudo. Como era livre das coisas que incomodam as pessoas quando não estão dormindo, as coisas que as assustam, as coisas que aparecem, ameaçadoras, diante delas, como uma montanha.

50

"Devem ter sido as anchovas", disse Bradwen, debruçando-se sobre um ancinho enferrujado com o cabo quebrado, com o qual estava nivelando a terra onde a grama fora removida. Estava um pouco mais pálido que o normal, talvez fosse por causa do gorro novo. Seu gorro velho era verde-escuro. Mais cedo naquela manhã, durante o café, ele não o havia tirado da cabeça. "Foi uma latinha que encontrei num pequeno armário da cozinha. Vá saber se já não estava ali há uns trinta anos."

Ela se recostou na parede do velho estábulo. O sol brilhava, quase não havia vento. Nenhum traço de neve ou inverno. Como antes, ela sentia calor irradiando das pedras claras. Como antes, a fumaça de seu cigarro subia retilínea.

"Ela pode ter comprado muito antes de eu nascer. É estranho pensar nisso."

Ela virou a cabeça. No pasto do outro lado da mureta do jardim, não havia nenhuma vaca. Dava a impressão de solidão. Um bando de pássaros pretos barulhentos — nem tentou mencioná-los pelo nome, demasiadas eram as possibilidades: corvo, pega-rabuda, gralha-preta, gralha-de-nuca-cinzenta, gralha-calva — voou de uma árvore para a próxima. Era como se demorasse um minuto para eles saberem que uma copa não era adequada.

"Ou é impossível que uma coisa assim, conservada em óleo, estrague?"

Ele tinha começado a nivelar o segundo retângulo. A terra tinha um tom marrom-claro, não parecia muito fértil. Nenhuma nuvem ameaçadora. Os gansos, que não podiam ser vistos de onde ela estava, grasnavam baixinho. Contentes, não assustados. Ela estava escutando o jovem, mas nem tudo o que ele dizia. Provavelmente ele estava alegre por não estar mais passando mal. Ainda há pouco, no café, tinha conseguido comer um biscoito. Ela não sentia necessidade de responder. Ele estava trabalhando, suava , sentia-se saudável e vital. Deu um trago no cigarro que ela segurava entre os dedos da mão esquerda, a mão que ele — antes de começar com a teoria das anchovas —, ainda que como piada, tinha posto na boca, como que para conter o vômito. O cheiro de velha pairava de novo em torno dela, ou melhor ainda, até mesmo ali fora, ao ar livre, apesar da fumaça do cigarro. Jogou fora a bituca e abriu a porta do estábulo. Não havia mais muita lenha para as lareiras, a pilha tinha encolhido sem que ela percebesse. Já fazia algum tempo era o rapaz que cuidava das lareiras, assim como ia ao Tesco e ao padeiro em Waunfawr. Além da última visita ao médico, ela não tinha mais saído do terreno. Tinha chegado ali e havia mantido seu mundo pequeno. Em seguida, saíra — cortando o cabelo, sentindo nostalgia junto às prateleiras refrigeradas do supermercado, andando até a padaria e ficando parada no meio do reservatório d'água — e agora o mundo estava novamente limitado. A saudade havia passado, quase imperceptivelmente. O jardim, o campo dos gansos, a casa. Sua cama. A prateleira sob o espelho do banheiro. As caixinhas de comprimidos. Uma vida inteira em alguns meses. Até o Ano Novo. Pois aqueles não eram seu jardim e sua casa, esta não era a sua prateleira sob o espelho. Ela era uma turista, uma transeunte casual. Uma estrangeira, uma alemã, segundo a maioria das pessoas ali.

"Vou plantá-las", disse Bradwen.

Olhou para as lajotas esverdeadas no piso do porão. Por um instante, imaginou que Bradwen se sentara na caminhonete preta do grosseiro criador de ovelhas em vez do cachorro. Que Sam, naquele instante, estava fuçando por ali.

"Quero mais um arco", disse ela. Agora que as roseiras estavam na terra, quase não tinham volume. Nos vasos, pareciam muito maiores. "Aqui, na beirada da calçadinha, como passagem para o caminho transversal. E aí você também tem que comprar duas roseiras especiais, trepadeiras."
"*Ramblers*", disse o rapaz.
"É este o nome? Pegue o carro e vá até o Dickson's Garden Centre."
"Agora?"
"Por que não? Eu te dou o dinheiro."
"Está bem."
Tirou cem libras da carteira e deu as notas a ele.

Quando ele saiu, ela levantou a tampa da lata de lixo. Revirou um pouco e encontrou a latinha vazia, gordurosa, de anchovas. Foi com ela até a janela sobre a pia. Consumir antes de junho de 1984, dizia o carimbo na parte de trás, nem era difícil de ler. O rapaz tinha razão.
Levantou o olhar. De uma chaminé invisível, escondida entre os carvalhos, subia fumaça como num preguiçoso dia de junho — fumaça de um fogão, não de uma lareira. Zangões e abelhas valsavam em frente à janela, borboletas iam de uma rosa vermelha a uma amarela; o muro do jardim era duas fileiras de pedras mais alto, um lavrador arava a terra num trator vermelho desbotado e os amieiros ao longo do riacho tinham o formato de cúpula. Ela estava com o cabelo preso num coque e usava um avental, talvez já viúva, talvez o lavrador no trator vermelho fosse o senhor Evans e ela estivesse a ponto de levar algo para ele. Numa cesta de vime. Pressionou o ventre contra a borda da pia, considerou pôr

cerveja gelada na cesta, duas garrafas, o suficiente para deixar Evans um pouco embriagado, disposto a se deitar por um instante sob um carvalho, deixar a terra de lado. Esticado na sombra, junto com ela. Sem as roupas quentes.

Jogou a latinha de volta no lixo e lavou as mãos com água gelada. Calçou as botas de caminhada, sem amarrá-las bem. Depois subiu a escada.

51

Mais uma vez, ele havia colocado o retrato de Dickinson voltado para a parede. Ela o virou, dando um suspiro. O rapaz já ocupava, havia algumas semanas, o quarto mais bonito da casa, o único com janelas dos dois lados. "*Dual aspect*", diriam, satisfeitas, as pessoas que procuram casa em *Escape to the country*. "*Tão claro e iluminado e arejado aqui!*" O livro de poemas já estava aberto havia semanas sobre a mesa de carvalho, com as folhas brancas de papel ao lado, um lápis e uma caneta. Naquele livro grosso de Habegger, a poesia não é sequer mencionada, quanto mais analisada. Subitamente, ficou furiosa, não só com o biógrafo, aquele impertinente, mas com a própria Emily Dickinson. Uma mulher autoritária que se refugiava na própria casa e em seu próprio jardim. Uma mulher que por tudo o que fez ou deixou de fazer, dizia, sem palavras, que as pessoas não deviam prestar atenção nela, mas ao mesmo tempo morria de medo que o carinho que demonstrava pelos outros, em geral através de cartas, não fosse correspondido, buscando aceitação como uma criança chorona. Uma mulherzinha que se diminuía, deve ter sido medrosa, assinado cartas com "*Seu gnomo*"; que, durante a cerimônia do funeral de seu pai em um grande salão, ficou em seu quarto cheia de medo, mas mantendo a porta claramente entreaberta, de maneira a atrair mais atenção. "Mesmo sem tocá-la, ela já sugava toda a minha energia. Fico feliz por não morar perto dela", escreveu um dos homens com quem se correspondia. Uma mulher que passou a usar roupas brancas, como uma virgem. Só agora ela percebia que fora essa raiva que a impelira a escrever sua dissertação, para apresentar uma revisão crítica dos poemas que na sua opinião eram em grande parte superestimados. Quase como um acerto de contas. "Isso não é bom", disse baixinho. "Nada bom."

Pegou a biografia e o livro *Poesias completas*, levando-os para o andar de baixo. As botas de caminhada batiam pesadas nos degraus de madeira da escada. Antes de sair, jogou a biografia no lixo, em cima da latinha de anchovas. O pior era que ela, naquele momento, ali, ainda se incomodava com aquilo. Pôs os poemas na mesa, sentou-se numa cadeira e apertou bem o cadarço das botas.

Cruzou o riacho, tentando não pensar na distância que deveria percorrer. Passo a passo em sua própria trilha. Tinha pego um galho de amieiro da pilha, um galho que chegava um pouco acima de sua cintura. Ela o impulsionava para a frente, apoiava no chão, e impulsionava de novo para a frente. Precisou muito das mãos nos degraus dos passadores e, só quando estava do outro lado soltou a estaca ou a ripa superior. O bosque de carvalhos era silencioso, uma ligeira umidade vinha dos troncos e dos galhos cobertos de musgo. Não havia animais em nenhuma parte. Nem vacas, nem ovelhas, nem mesmo esquilos. Ela podia imaginar esquilos hibernando, ela podia imaginar todos os animais selvagens com pelo espesso hibernando. Ficou com calor. Da gola de seu casaco pesado, subia um odor conhecido. O cheiro da viúva Evans.

Ao chegar ao círculo de pedras, ela queria se sentar, mas decidiu continuar caminhando. As pedras estavam secas, o líquen cinza-claro e amarelo-pálido. Um odor bastante vago de coco pairava em torno dos arbustos. Passou pelo pequeno dique natural, entre o capim alto e duro. Nenhum sinal dos grandes bois pretos, não ouvia nenhum pássaro. Andava completamente sozinha, era como se nem mesmo ela estivesse ali. Cruzou o campo em direção ao reservatório d'água, passando pelas pedras em pé, onde bateu o galho de amieiro. Agora, a água não estava como uma bandeja de prata recém-polida, pois uma brisa quase imperceptível provocava pregas na superfície. Ao longe, assoviava pela construção de alvenaria. Estremeceu ao pensar que, pouco tempo atrás antes, estivera no meio do reservatório, vendo seu corpo quebrado pela refração da luz, as bolhazinhas de ar em seus pentelhos, os peixinhos junto aos dedos dos pés. Foi caminhando até a grande rocha, onde, da outra vez, deixara as suas roupas, sentou-se e acendeu um cigarro. Um carro passou por uma estrada invisível. Mexeu na água com o galho, criando ondulações que quebraram as pregas feitas pelo vento. Ficou olhando para a ondulação até que ela se desfez na margem, bem diante dela. Quando quis dar um trago no cigarro, percebeu que sua boca não fechava mais. Entrou em pânico, empurrou o queixo com a mão, mas, mesmo assim, não conseguiu tragar o cigarro. Parecia aquela ocasião em que o dentista lhe arrancara o dente do siso superior e surgiu um buraco que era conectado até a cavidade nasal, de modo que não havia mais o vácuo necessário para fumar. Jogou o cigarro no reservatório e respirou fundo pelo nariz algumas vezes, o que só era possível pressionando a língua contra o céu da boca. A língua ainda funcionava e, um pouco mais tarde, conseguiu fechar a boca. Levantou-se, sentiu os joelhos tremerem ligeiramente e saiu andando, bem inclinada sobre o cajado, na direção das pedras em pé. Ali, ela descansou um pouco, apoiou uma mão na superfície fria e ficou olhando para as árvores à margem da campina brilhante.

Antes de começar a escalar, imaginou o trator vermelho desbotado com um astuto e sorridente senhor Evans sentado nele, e correntes, marcas fundas na relva. Talvez a senhora Evans — que ainda não era viúva — também tivesse ajudado a levantar a pedra, deixando na beirada da água uma cestinha de vime com sanduíches, duas peras e refresco. Possivelmente, na ocasião, deram risadas, correram, e rolaram na grama.

Ela não queria saber de nada. Tinha resistido à tentação de pesquisar coisas na internet. Tinha ido embora. Como um gato velho que quer ser deixado em paz. Não que tivesse experiência própria de algo assim, pois na casa estreita no De Pijp nunca tivera um gato. Seu tio tinha gatos. "Quando eles vão embora, é porque estão mortos", dizia ele, o que era confirmado pela tia mexendo a cabeça. Olhou mais uma vez para trás, para a água, e pensou nele. Por que nesses momentos nunca havia alguém para dizer: "Vá em frente. Continue"? Por que todos os funcionários da cozinha fizeram o possível para tirá-lo do lago, vestir roupas secas, pôr seus sapatos sobre o forno? Para dar a ele a oportunidade de construir um móvel? "Um armário", disse ela, e foi em frente.

Quando passou pela segunda vez pelo círculo de pedras, a luz tinha mudado. As flores dos arbustos pareciam de um amarelo mais escuro, o capim duro tinha outro tom de verde. Sentou-se na pedra grande e ousou colocar um cigarro na boca, embora suas mãos tremessem e tivesse deixado o isqueiro cair após acender. O silêncio ainda era grande. Senhora dos texugos sem texugos, pensou. Sentiu as pernas pesarem, rigidez nas costas, fraqueza nos braços. Ele não veio, talvez estivesse hibernando. Um texugo não era uma espécie de urso pequeno? Devagar, percorreu o último trecho até a casa. Ficou bastante tempo nos troncos sobre o riacho, olhou para a água que fluía correnteza abaixo. Borbulhava e murmurava. Água clara, gelada.

52

Bradwen já tinha feito o arco. Por um instante, ela ficou parada atrás da mureta, no ponto sobre o qual ele havia saltado, semanas antes. Foi muita destreza da parte dele, o muro chegava à altura dos seios dela. Era impressão dela ou conseguia ouvi-lo assoviando baixinho, todo contente? Destreza ainda maior foi a de Sam ao conseguir saltar o muro. Ela seguiu a trilha até o quebra-corpo próximo ao estábulo. A caminhada do círculo de pedras até em casa não a livrara totalmente do peso e da rigidez nas pernas e nas costas. Duas roseiras trepadeiras estavam escoradas numa parede lateral; numa delas, havia uma flor.

Bradwen se virou. "Olhe", disse ele.

"Bonito. Muito bem. Já vou aí." Colocou o galho de amieiro apoiado na parede ao lado da porta e entrou em casa. No banheiro, tirou todas as cartelas de comprimidos das caixinhas, tomou um comprimido com alguns goles d'água e desceu de novo a escada. Na sala, abriu a portinha da lareira e atirou as caixinhas no fogo. Só quando viu que estavam em chamas, saiu. Pensou na receita, viu o papelzinho passando sobre o balcão da farmácia. Aquilo seria guardado, arquivado em algum lugar, mas não importava, porque só trazia o nome e o endereço do médico, não o seu nome e certamente não o seu endereço. O sol havia sumido, um brilho avermelhado pairava sobre o pasto dos gansos. Em meia hora, estaria escuro, talvez alguns minutos mais tarde que na véspera, praticamente imperceptível. dali a dois dias, seria Natal.

"Você quer plantá-las?"

"Está bem."

O jovem foi até o estábulo e pegou os vasos. Puxou as roseiras pelo caule. Já tinha cavado dois buracos e preenchido parcialmente com terra adubada, o saco estava sob o arco, no caminho de cascalhos. "Cuidado com os espinhos."

Ela colocou a primeira roseira num dos buracos e queria se ajoelhar.

"Deixe que eu faço isso." Ele se agachou, encheu o buraco com terra adubada e pisou, socando bem.

"Você não é só um ginasta", disse ela, "mas também um jardineiro".

"Ah, bobagem, qualquer um pode fazer isso. Fez uma caminhada?"

"Sim."

"Aqui." Deu a ela alguns fios verdes. "Enquanto você amarra esta, eu planto a outra."

Ela amarrou dois ramos ao arco e fez a mesma coisa do outro lado, depois de Bradwen ter plantado aquele também. A rosa — era de um branco-pálido, mais um botão que uma flor — balançou numa haste bem fininha, mas não quebrou. O jovem entrou na casa e, pouco depois, voltou com uma panela grande. Só quando ele pôs a panela inclinada junto a uma das roseiras, derramando água, ela entendeu o que ele estava fazendo. Ele atirou a panela na grama, pôs as mãos no quadril e suspirou, satisfeito. "Está na hora do seu programa favorito", disse ele.

"Esta preenche todos os requisitos!", gritou uma mulher com ar de mimada. Ela e seu marido, também mimado, tinham um orçamento de oitocentas mil libras, mas, mesmo assim, não estavam conseguindo encontrar uma casa. Ele queria algo "contemporâneo" e ela uma casa "cheia de personalidade". Resolvam entre vocês, ela pensou, e não nos aborreçam com isso. "Não é o que eu quero", disse o marido. "Nem um pouco." A mulher se queixou. Bradwen lhe trouxe uma taça de vinho branco sem fazer nenhum comentário, ela só o viu quando ele já estava do seu lado. Veio de fininho, só com as meias L e R. Peixe, pensou ela. Ele está cuidando bem de mim. Novamente, o jovem saiu de mansinho da sala. Não havia tirado o gorro novo. O lado direito do rosto dela brilhava com o calor que emanava da lareira.

Sentou-se mais relaxada, deixando a cabeça cair no encosto do sofá. Embora agora na televisão se falasse de um hall tipicamente vitoriano, ela viu à sua frente o salão de Shirley: Rhys Jones, que abanava a fumaça de cigarro para longe de si com suas mãos grandes, o médico com a capa de cabeleireiro azul-cobalto, veias vermelhas no branco de seus olhos de tanto fumar, a boca repuxada com um estranho jeito atrevido, a cabeleireira, que ria estridente, o que fazia com que os tendões de seu pescoço aparecessem obscenamente através da pele e seus seios balançassem, as revistas de decoração repletas de abóboras verdes. Então, a porta se abre e, incrivelmente, entra o padeiro, que também precisa cortar o cabelo, sua esposa Awen o empurra pela soleira, o permanente dela está meio caído e sem graça, e daqui a poucos dias é Natal. O salão está bastante movimentado agora, um border collie está deitado embaixo da mesinha de revistas, ele lambe o pé da mesa, talvez outro cão tenha se deitado ali pouco tempo atrás. Toca o telefone, Shirley atende e diz bastante surpresa: *"Sim, ele está aqui, você deve ter algum poder psíquico"*. E Rhys Jones pega o fone, tem uma rápida conversa com seu amigo da imobiliária, assegura-lhe com uma risadinha que a mulher vai sair da casa, conta também que ele a agarrou, que ela tem uma "bela bunda", e que ela aceitou os seus avanços de bom grado, por um lado é pena que ela vá embora e ninguém saiba para onde. Estranhamente, nenhum cabelo é cortado, lavado ou escovado, todos estão fumando e conversando. A palavra texugo é mencionada com frequência e, então, todos começam a rir, menos a mulher do padeiro e o cachorro. Cães não riem, e esse cão parece querer rastejar para bem longe das pessoas; junto à porta, estão engradados de plástico com grandes pedaços de carne, filetes de sangue aguado escorrem no chão de pedra. Shirley pergunta ao criador de ovelhas como vai seu filho, o que ele anda aprontando hoje em dia, o criador de ovelhas empalicede, assovia para seu cão embaixo da mesinha de revistas e quase cai perto da porta por causa da poça de sangue que se formou ali, seu cachorro lambe o chão. "*Aproveite o cordeiro*", diz Rhys Jones antes de bater a porta atrás de si. "Emily", esse nome ressoa agora no salão. "Emily." Não está claro quem fala. O médico olha atordoado, pergunta, como um ator canastrão, sobre quem estão falando.

Bradwen estava ao lado do sofá. "A comida está pronta", disse, talvez pela segunda vez.

Na TV, um grupo de pessoas inteligentes competem em um quiz. Aqui são chamadas *eggheads,* cabeças de ovo, crânios, ainda mais irônico que "bollebozen" na Holanda, aquelas pessoas que fazem um doutorado sobre personagens como Emily Dickinson.

53

O rapaz tinha posto velas novas nos castiçais do beiral da janela. Na mesa, também havia uma vela acesa. O livro *Poesias completas*, de Dickinson, estava ao lado do prato dela, fechado. No prato, de novo hadoque, com purê de batatas e erva-doce. Comida sem cor.

Ela se sentou, olhou para ele. Pensou na maneira quase submissa com que havia trabalhado para ela uma hora e meia antes. Batendo a terra, regando. "Por que você não foi embora?", perguntou ela.

"Quem iria cozinhar?"

"Eu também posso cozinhar."

"Quem plantaria as roseiras? Quem faria as compras? Quem manteria as lareiras acesas?"

"Por quê?"

O jovem a olhou. O gorro combinava com ele, mesmo na mesa de jantar.

"Você trouxe a panela para dentro?"

"Não", respondeu ele.

"Por quê?", perguntou ela mais uma vez.

"Por acaso, eu faço perguntas a você?", disse ele. "Olhe primeiro embaixo da árvore de natal."

Ela olhou para o lado. Havia um presente. Antes de levantar para pegá-lo, tomou um grande gole de vinho. Ficou parada junto à árvore de Natal por um instante, com o presente de Bradwen na mão.

"Meias", falou baixinho.

O rapaz riu. "Esta mulher não sabe do que está falando."

Ela rasgou o papel. Ele tinha simplesmente comprado um gorro para ela. Um gorro incrivelmente feio, roxo, com aplique de pequenas flores de várias cores, quase todas se chocando com a cor de fundo. Um gorro hippie, que tinha até duas cordinhas penduradas dos lados. Ela engoliu em seco e ficou contente com o fato de ele não poder ver sua expressão. Engoliu seco mais uma vez, antes de pôr o gorro na cabeça. Servia direitinho. "Exatamente o que eu precisava", disse, virou-se e foi sentar à mesa.

Bradwen parecia satisfeito e comia.

Ela bebeu e beliscou o peixe.

"O que você tem com esta Dickinson?", perguntou ele enquanto apontava para a coletânea de poemas com a colher com a qual servia o purê.

"Pois é. Eu queria perguntar o mesmo a você."

"Como assim?"

"Por que você sempre vira o retrato dela?"

"Por causa daqueles olhos penetrantes."

"É uma foto."

"Mesmo assim. Ela me provoca arrepios. E você?"

"Eu me ocupava com ela por causa do meu trabalho."

O jovem mastigava. "Humm."

"Ela também tinha um cachorro."

"Ah, é?"

"Sim. Carla." Ela apertou seus lábios num círculo entre o polegar e o indicador. Na verdade, o cão se chamava Carlo, o nome estava na sua cabeça, mais um detalhe que a tinha deixado irritada ao ler a biografia de Habegger, porque o autor citava o cachorro apenas quatro vezes. Era um terra-nova, um animal enorme e peludo, ela ainda procurara uma foto, e ele se chamava *Carlo*. Uma mulherzinha medrosa que tem como único amigo um cachorro grande, e Habegger não se interessou por isso. Agora, que ela havia apertado sua boca num círculo, tentava dizer novamente. "Carla."

"Um cachorrinho", disse o jovem.

"Não, um cachorro grande." Passou as costas da mão em sua testa quente, esvaziou a taça de vinho. "Sirva-me mais um pouco."

Obediente, Bradwen pegou a garrafa. "Nome estranho para um cachorro grande."

"É." *Funny name for a big dog.* Ela sabia que significava alguma coisa, não conseguia fazer a tradução. Queria ir para o andar de cima, para a prateleira sob o espelho. Não um, mas dois comprimidos. Levantou-se. Foi até a sala, subiu a escada. O jovem não a chamou. Sem acender a luz do banheiro, pegou as cartelas de comprimidos de qualquer jeito, ousou se olhar com a luz que vinha de trás. Felizmente, estava usando um gorro horroroso, ridículo, algo que ninguém podia levar a sério. "Carlo", disse. "Ohhhhh." Viu sua boca se abrindo e se fechando de novo, indistinta, sem cor. Tinha o cheiro da viúva Evans, claro, como se ela tivesse saído da banheira dez minutos antes e tivesse se enxugado, apoiando-se de vez em quando com uma mão na borda da pia. Engoliu dois comprimidos com um só gole d'água. Quando se endireitou, as cordinhas balançavam alegremente.

"Você não fuma", disse o jovem. Ele havia tirado a mesa, deixando a comida do prato dela deslizar no lixo. Agora ele estava lavando a louça.

"O quê?"

"Eu vi você fumar pela última vez hoje de manhã, quando eu estava passando o ancinho na terra."

Ela olhou ao redor. O maço de cigarros não estava na mesa. Lentamente, ela se levantou e empurrou a cadeira pelo encosto, antes de começar a andar.

"Não precisa", disse ele sem se virar.

Ela pegou o casaco que estava na cadeira ao lado do aparador. Sentiu em um dos bolsos o maço de cigarro. Não encontrou o isqueiro no outro bolso. Já que estava junto ao aparador, aproveitou para ligar o rádio. Música. Era algo que ela queria fazer, que tinha de fazer. Refletiu. Ouviu o som dos talheres de Bradwen, o crepitar da lenha queimando na lareira vindo da sala. O rádio estava baixinho. Algo. As caixinhas de comprimidos já haviam desaparecido. Viu o isqueiro escorregando de sua mão, ouviu quando ele fez um barulho seco, caindo da pedra na relva. "Jogue os fósforos para mim", disse ela.

O rapaz pegou a caixinha de fósforos do beiral da janela e jogou em arco na direção dela. Ela queria pegá-la no ar, estendeu a mão muito devagar, ou talvez a caixa voasse rápido demais. Bateu no aparador e caiu no chão perto da árvore de Natal. Ela teve de se abaixar, caiu. Imediatamente ele foi para o seu lado.

"Deixe", falou ela. "Não é nada."

Ele lhe estendeu a mão e a puxou, para que se levantasse. Ela foi se sentar à mesa e finalmente acendeu o cigarro. Foi horrível, quase repugnante. Como quando tinha quatorze anos, fumando pela primeira vez um Camel sem filtro dado pelo tio. Aquela deve ter sido uma das últimas ocasiões em que pôde se hospedar na casa dele. Tossiu e tentou mais uma vez. Como era possível de repente achar repulsiva uma coisa que você por anos achou deliciosa? Bradwen continuava perto dela, próximo ao seu cotovelo. Só a ideia de uma nuvem de fumaça indo da boca pelo esôfago até os pulmões lhe era tão avessa que ela nem mesmo conseguia inspirar. Apagou o cigarro.

O jovem deu uma tossida. "Café?" perguntou ele em seguida.

"Não." Ela bebeu todo o vinho. Levantou-se e foi para a sala. Ligou a televisão, sentou-se no sofá. Ouviu que ele desligou o rádio e foi lavar a louça. Movimento e sons diante de seus olhos, tudo um pouco fora de prumo. Uma vala larga, de fato um canal, um barquinho com dois homens. Tiravam redes da água. Numa delas, havia uma enguia, que foi sacudida até sair. A pesca tinha caído cinquenta e nove por cento desde a troca das comportas de madeira, contou o pescador. Ela se levantou imediatamente e voltou para a cozinha.

"Vai querer café?", perguntou o rapaz.

"Não." Ela foi até o freezer, abriu e tirou um pedaço de carne, colocando-o num engradado de plástico que ainda estava ali ao lado.

"O que você está fazendo?"

Ela não respondeu, pegou o engradado e foi com ele até a sala. O jovem ficou observando, atento. Como um cão. Orelhas em pé, olhar alerta, aguardando um comando. Ela teve de pôr o engradado no chão para poder abrir a porta. Não estava frio, embora não se pudesse ver nenhuma nuvem. Um céu enorme cobria a casa e o jardim. No primeiro trecho, havia luz que vinha da janela da cozinha. Fora desse feixe de luz, ela parou por um instante, para que seus olhos se acostumassem à escuridão. O riacho borbotava, o cascalho de ardósia estalava sob seus pés descalços. Pegou um a um os pedaços duros de cordeiro congelado do engradado e os jogou na água, com toda a força que tinha nos braços. Cada pedaço de carne era pesado como uma pedra, e como pedras ficariam no fundo do riacho. Olhou fixamente para aquela água escura, na qual o céu enorme, paulatinamente, tornava-se cada vez mais visível, o engradado vazio balançando em sua mão. Parar de fumar, pensou, é uma coisa que as pessoas saudáveis fazem. Quando foi caminhando em direção à porta, viu o botão de rosa branco no alto. Sua cabeça estava quente, talvez o gorro fosse de lã mesmo. Lã de ovelha.

Quando fechou a porta atrás de si, ouviu ruídos que vinham do andar de cima. "O que está acontecendo aí?" gritou na abertura da escada. Limpou os farelos de terra e cascalho dos pés.

Bradwen saiu do escritório. "Estou decorando o novo quarto de dormir."

Era difícil olhar para cima pouco depois de ter olhado para baixo.

"Você agora vai ficar deitada na frente da lareira. Ainda tenho que acendê-la."

"E você?"

"No divã. Como de costume."

"*Godnogaantoe*", falou baixinho, em holandês. Só agora, depois de ter morado alguns meses nesta casa, ela conseguia perceber que a lareira da sala e a do quarto dividiam a mesma chaminé. "Depois do Natal você vai embora", disse ela.

"Acho que não", falou ele, descendo a escada.

54

Acordou porque o jovem pôs dois pedaços de lenha na lareira e teve de assoprar um pouco até que pegassem fogo. Ele deitou de novo no divã. Antes, tinha entreaberto as duas janelas, pois de outra forma, seria impossível ficar no escritório.

"Era diferente quando Sam estava aqui", disse ele.

Ela não falou nada. Olhava para o teto.

"Um cachorro não dorme a noite inteira, vai fuçar. Vinha me cheirar, gemia."

"Ia até mesmo lá para baixo."

"Não, isso também não. Ficava o tempo todo aqui."

Ela deu um suspiro, virou a cabeça na direção dele. Bradwen estava parcialmente coberto, com as mãos na nuca. "Sabe a hora?"

"Não faço ideia. Umas três?"

Todo o corpo dela parecia cheio de coisas pesadas. Cimento, chumbo, toras de carvalho. Não queria nem mesmo tentar se virar de lado. Pensou na noite em que Bradwen tinha vomitado, a ideia de que um pouco da tensão em seu corpo se irradiara no corpo dela, por suas próprias mãos.

"Você também está fuçando", disse ela.

"Só um pouquinho agora. O fogo estava quase apagando."

Não, o próprio corpo dela era uma coisa pesada, ventre de cimento, pernas como toras de carvalho, sangue como chumbo líquido.

"Qual é o seu verdadeiro nome?", perguntou o jovem.

Ela refletiu um pouco. "Emilie."

Bradwen se virou de lado com bastante facilidade, deixou a mão direita sob a face, coçou o peito com a esquerda. Seus olhos brilhavam à luz da lareira.

"Qual era o primeiro nome da viúva Evans?"

"Não sei. Para mim, ela era a senhora Evans."

"Você vinha aqui com frequência?"

"Antigamente, sim."

"Conheceu o senhor Evans também?"

"Não. Ele morreu quando eu tinha uns dois ou três anos."

"Você ainda sente o cheiro dela?"

"O quê?"

"Você ainda sente o cheiro da senhora Evans aqui na casa?"

Ele levantou a cabeça da mão. "Não."

"Eu sinto." Também se ouvia claramente o riacho ali do escritório. Ainda mais claramente porque a janela que dava para a entrada de veículos ficava mais perto da água que a janela do quarto dela. Soava diferente, como se fosse outro riacho. Ou outra casa.

"Quanto tempo", perguntou ela depois de um longo silêncio. "Quanto tempo você acha que o cheiro de cachorro fica no pasto dos gansos?"

"Bastante tempo, eu acho."

"Humm." A lenha estalava na lareira. Ela sentia o calor no alto de sua cabeça. Antigamente, pensou. O que uma palavra assim significa quando se tem vinte anos de idade? De repente, ela se lembrou de uma coisa. "Como é possível que você não soubesse da existência do círculo de pedras?"

"Eu sabia que existia."

"Você disse que não."

"Nada disso. Disse 'não tinha notado'. Havia neblina naquele dia."

"E você me perguntou como chegar à montanha."

"Não como, perguntei se você podia sugerir o caminho mais bonito."

"Você está mentindo ou o quê?"

"Não, eu não estou mentindo. Você está mentindo?"

"Sim. O tempo todo."

O jovem riu. Seu peito se mexeu.

"Seu pai queria me contar como foi que ela morreu."

"Ah, é?"

"Mas eu não quis saber."

"É mesmo?"

"Eu queria que ele fosse embora o mais rápido possível."

Ele riu de novo.

"Mas eu quero escutar de você", disse ela, embora de repente mal conseguisse manter os olhos abertos.

O jovem saiu do divã com sua coberta. "Vá um pouquinho mais para lá."

Ela fez o que ele pediu, pôs seus braços ao lado do corpo, sobre a coberta. Ele se deitou ao seu lado, parcialmente envolvido em sua própria coberta, a cabeça na altura dos seios dela. Essa postura tinha algo de submissão, levando-a a pensar na noite em que Sam foi lá para baixo e pôs a cabeça em seus joelhos.

"Fui eu que a encontrei", disse ele.

"Você?"

"Meu pai disse alguma coisa?"

Ela pensou um pouco. "Ele fez soar como se soubesse de tudo." O inglês vinha com dificuldade, traduzir exigia esforço.

"É verdade. Deixei que ele a encontrasse depois de mim. Dei essa honra a ele."

O jovem falou. Ela teve de se empenhar em permanecer atenta, não se dispersar, não perder nenhum detalhe, porque era fácil ouvir só os sons enquanto ele falava. Era verão — o verão passado, ela supôs — e ele queria rever a senhora Evans, talvez pela última vez, já que ela já passara dos noventa. Veio de bicicleta de Bangor, não encontrou nenhum outro ciclista no caminho, as pessoas aqui não andam de bicicleta, embora haja um negócio de aluguel de bicicletas ao lado da estação de trem — é para os turistas, mas nem eles usam. Na entrada do terreno, o capim estava bem alto, o que o fez pensar em seu pai, que não tinha, ou ainda não tinha, cumprido seu acordo de manter o pasto baixo. Típico dele. Sam não estava junto, tinha ficado em casa, e ela perguntou onde era, ao que ele respondeu: Liverpool. E se era esta a cidade onde ele estudava? Sim, na Hope University, não conte ao meu pai. De Bangor até ali, eram uns vinte e cinco quilômetros, ele não sabia se Sam aguentaria, correndo ao lado de uma bicicleta. E, é claro, sempre havia a chance de que bem naquele dia, naquela hora, seu pai estivesse ali, seu pai, de quem ele havia roubado o cachorro. A essa altura, ela podia tê-lo interrompido, estava com calor, pelo fogo da lareira e pelo papo sobre o verão, mas não conseguiu abrir a boca. Ele tinha visto os gansos, estavam todos juntos, amontoados, perto do barraco de madeira. Não havia encontrado ninguém na casa, nem sob os amieiros na beira do riacho, onde ela antigamente se sentava nos dias quentes. Tinha encostado sua bicicleta na parede lateral do estábulo. Os gansos grasnavam agitados. Foi até lá, os animais lembravam um grupo de pessoas excitadas em torno de uma vítima de trânsito. Pulou a cerca, os gansos saíram em disparada, e, no lugar que eles haviam deixado, estava ela. Carcomida. Ele não sabia se tinham sido os gansos, supôs que teria sido uma raposa, ou uma ave de rapina. Um "kite". Não um "vlieger", pensou ela, um *wouw*, e abriu os olhos, de modo que viu o teto do escritório, e não um campo com gansos no verão com uma mulher velha morta. Ele não olhou por muito tempo. O pior foi que o vestido dela estava levantado. Saiu correndo do pasto dos gansos. Pouco antes estava com fome, na bicicleta, alegrava-se com a ideia de pedaços de torta feita em casa, o que a viúva Evans fazia como ninguém: tortas. Deu-se conta de que deveria ligar para alguém. Tinha pego sua bicicleta e pedalava em direção à estrada. Lá, junto à cerca, que sempre ficava aberta, ligou para seu pai, partindo do princípio de que ele não estava em casa naquele momento. Tinha feito o seu melhor para soar diferente, deixando uma mensagem breve com voz grave na secretaria eletrônica. Voltou a Bangor, entregou a bicicleta e pegou o trem. Trocou de trens em Chester, Liverpool Lime Street era a estação final. A garota que vivia no quarto ao lado do dele, no dormitório estudantil, contou que o cachorro tinha gemido o tempo inteiro e pediu que, das próximas vezes, ele deixasse o animal com ela, caso tivesse planos de deixá-lo de novo sozinho.

Uma garota, pensou ela. "Ainda vamos ver seu pai aqui de novo?", perguntou ela.

"Acho que não. Ele já pegou seu cachorro de volta e você não respondeu aos seus avanços."

Quase imperceptivelmente, o rapaz entrara sob a coberta dela, ela deve ter perdido sensibilidade em seu braço esquerdo por um instante. Deixou acontecer, aquele corpo cheio de coisas pesadas podia aguentar. Ele irradiava algo, uma espécie de eletricidade; seu peito vibrava, sua mão ardia, sua respiração era quente, como a de um cão feliz. Qual seria a sensação se ela não estivesse vestindo camisola? Queria tirar, mas o fogo a deixara mole . Além disso, era a calada da noite; estava cansada, exausta. "Você pode...?", perguntou ela, levantando um pouco a cabeça do travesseiro.

Ele entendeu. Um pouco mais tarde, os dois estavam deitados como dois adolescentes, comedidos, com as roupas de baixo, lado a lado. Ela de costas e ele de lado, ainda um pouco mais abaixo, com o nariz quase na altura do ombro e os braços encostando nos quadris dela. Braços cheios de tensão, ela podia sentir. O riacho murmurava. Exatamente no momento em que o som da água corrente a levava ao sono, ele disse: "Vamos até a montanha. Depois de amanhã. Dia de Natal. O trem estará funcionando."

Bom, pensou ela. Ir até a montanha ainda deve ser possível. "Você vai à padaria amanhã? Comprar Christmas pudding? Mande minhas saudações para os dois. Os mais sinceros votos da holandesa."

O jovem fez um som gutural, adormecera. Será que ele a achava velha e feia? Será que sentia algum cheiro nela? Ela suspirou fundo e fechou os olhos. Melhor não pensar nisso. Não por ora.

55

O rapaz tinha ido à padaria. A pé. Tinha a casa só para si até que ele voltasse com pão fresco. Depois ele ainda iria ao Tesco para as compras de Natal. O rádio estava ligado.

Ela estava na mesa da cozinha, com o gorro na cabeça. À sua frente, estava o livro *Poesias completas*, aberto nas páginas 216 e 217. ~~Faça larga esta cama~~ e ~~Faça-se ampla esta cama~~ escreveu e riscou. No primeiro havia uma sílaba a menos e, no segundo, o reflexivo, enquanto no poema original não era assim. *Faça ampla essa cama,* essa foi a tradução final. O segundo verso também foi riscado. ~~Com devoção a faça.~~ Optou por *Faça-a com reverência.* Escreveu o terceiro e o quarto versos numa folha de papel à parte, na qual estavam também várias palavras soltas. ~~Julgamento~~, por exemplo, ~~magnífico, honesto~~ e ~~justo~~. Ritmo é o mais importante aqui, pensou. Escreveu os quatro versos numa terceira folha e olhou pela janela. As plantas que floresciam continuavam florescendo. Dickson's Garden Centre tinhas coisas de qualidade. O rádio entoava uma canção de Natal após a outra e, a cada três músicas, uma voz serena dizia o que haviam tocado. Não conseguiu ir adiante com os primeiros versos da segunda estrofe, não entendia nada e continuava não entendendo, aquele estranho imperativo. *Be its mattress straight/ Be its pillow round.* Ela havia riscado rapidamente em uma das folhas ~~Seja duro o colchão~~, assim como ~~Seja redondo o travesseiro~~. Agora que olhava os dois versos mais uma vez, viu que o número de sílabas não coincidia.

    O cheiro da viúva Evans tornou-se forte demais, ela teve de sair. Não vestiu o casaco. Não sair sem casaco é algo para pessoas saudáveis que têm medo de um resfriado, pensou. Ficou parada sob as roseiras em arco, observou o novo caminho de cascalhos que cruzava o gramado. Não está bom, percebeu. Lá no fim, deve haver alguma coisa, o caminho tem de levar a algum lugar. Uma coluna talvez, com um vaso grande no alto. O riacho murmurava, o carvalho caído jazia imóvel, não conseguia imaginar que um dia os amieiros ainda dariam brotos, tão sem vida pareciam os tocos dos galhos.

Ela virou no canto da casa. Os gansos bicavam o capim. Ainda havia quatro. Perguntou-se se uma raposa também hibernava. Adormecida numa toca com a barriga saliente, o focinho sobre as patas dianteiras, vez ou outra suspirando satisfeita? Pôs as palmas das mãos nas têmporas, porque notou que estava medindo seus pensamentos em sílabas rítmicas, e trocou o "satisfeito" em seu último pensamento por "contente". Não havia vento, nem um sopro sequer. Os gansos a viram ali parada, começaram a grasnar de levinho. Ela se encostou no muro espesso. Assim como o jovem dizia que o cachorro achava que eu também era um cão, será que essas aves pensam que eu sou um ganso? Não, eu pareço mais um peru, pensou, e puxou as cordinhas do gorro roxo.

Alguns minutos mais tarde, ela estava novamente na mesa da cozinha. Não se ocupava com o que havia escrito nas folhas de papel, folheava o segmento NATUREZA. Após um tempo — tinha quase concluído esta parte da coletânea —, as letras começaram a se embaralhar, a leitura foi ficando cada vez mais difícil. Nem uma única vez apareceu a palavra ganso ou gansos. Exatamente como ela esperava. Só abelhas, borboletas e passarinhos. Ela arquejou, fechou o livro e afastou-o de si. Arrastou-se escada acima, tirou um comprimido da cartela, desceu novamente a escada e serviu-se de uma taça de vinho branco. Tomou o comprimido com o vinho. Quando ouviu passos no cascalho, tudo estava de novo agradavelmente confuso.

Ele levaria o pão para dentro, depois talvez conversassem um pouco sobre a lista de compras, depois ele sairia novamente. Ela lhe mandaria sair, como um cachorro. Ele compraria coisas supérfluas. Em seguida, possivelmente depois de um segundo comprimido, ela iniciaria os preparativos. Levar pão e vinho para o velho estábulo, travesseiros e roupas, apontar uma vela com uma faca afiada e colocar no bocal de uma garrafa vazia, mais uma caixinha de fósforos. Esta noite ele podia se deitar junto a ela, sua cabeça mais baixa que a dela, os polegares largos sobre seus seios, ao menos se ele ousasse fazer isso.

Bradwen entrou. Pôs sua mochila sobre a mesa e tirou o gorro da cabeça. "Eles mandam saudações em retorno", disse ele. "A mulher do padeiro perguntou quando você vai aparecer por lá."

Ela balançou a cabeça.

"Está tomando vinho?"

"Uma taça."

"Ela é membro de um clube de leitura. Disse que acharia legal se você também participasse."

"Um clube de leitura."

"É. Ela até me disse o título do livro que estão lendo agora."

Ela o olhou. O cabelo dele estava grudado na testa e, como de costume, ele não passava a mão para tirar. Os olhos acinzentados, estrábicos, que tornavam tão difícil entrever o que se passava dentro dele. Ele estava diferente, bem diferente, desde que o cachorro fora embora. A culpa é dele, ela pensou. Mandei que fosse embora várias vezes. Água, ela se lembrou. Tem de haver água, só vinho não é o suficiente. Enquanto ela anotava na lista de compras que estava sobre a mesa da cozinha, tentava se lembrar do rosto do Rhys Jones e do agente imobiliário amigo dele. Não a expressão petrificada deste, uns seis ou sete dias atrás, ou o rosto supostamente simpático daquele, alguns meses antes, mas as caras surpresas de ambos, daqui a uma semana. Conseguiu em parte, não tinha nenhuma lembrança do corretor de imóveis. Deu uma batidinha no maço para tirar um cigarro e o acendeu com um fósforo. Sem pensar, deu um trago profundo e não imaginou o que aconteceria, foi tão horrível que nem perdeu tempo tirando o cigarro da boca com a mão; simplesmente cuspiu. Ele caiu numa das folhas escritas. Quando o jovem percebeu que ela não o pegaria, ele o fez e apertou o polegar sobre o papel que queimava. Em seguida, ele foi até a pia, pôs o cigarro sob a torneira e jogou no lixo.

"A viúva Evans fumava?", perguntou ela, depois de ter tomado um gole de vinho e ainda engolido em seco mais uma vez para conter uma náusea emergente.

"Não." O jovem continuou junto à pia.

"Você tem que ir fazer compras."

"Você virá junto?"

"Não. Tenho coisas para fazer."

Ele apontou para a mesa. "Você estava trabalhando?"

"Você também pode não voltar."

"O que você quer dizer com isso?"

"Quero dizer o que eu disse."

"Você continua tentando, hein?"

Ela queria olhá-lo nos olhos, o que não conseguia, pois a janela, a luz, estava atrás dele. "Não diga que não avisei", disse ela.

Ele ficou mais um pouco encostado na pia e, em seguida, começou a tirar o pão da mochila. "Sinto falta de Sam", disse. "E eu não vou dizer mais nada."

Ela arfou. Com sua saída lá para fora, apesar da falta de vento, o cheiro de velha se dissipara temporariamente. Agora o odor subia de novo de suas roupas, abanou-o de seus ombros. "Pode ir", disse ela.

Ele pegou a lista de compras. "Por que tenho que comprar tanta água?", perguntou.

"Não estou gostando mais da água da torneira", falou ela.

"Você tem algum dinheiro para me dar?", perguntou ele.

56

O barco sairia com atraso. Algum problema em uma das hélices do motor. Avisaram, pelo sistema de comunicação a bordo, que os mergulhadores estavam resolvendo o defeito. Qual era exatamente esse defeito, isso não disseram. O marido e o policial beberam um segundo copo de uísque. O barco estava cheio. Havia árvores de Natal artificiais por toda parte, luzinhas, ingleses barulhentos e holandeses silenciosos. Sobre um palquinho, alguém tentava entreter as pessoas. Eles estavam sentados a uma mesinha redonda pregada no chão, no canto do salão, perto de uma janela na qual escorriam gotas de chuva. Pela janela, era possível ver a enorme superfície iluminada de uma indústria petroquímica. Em algum lugar bem abaixo deles, estava o carro do policial, em meio a uma centena de outros. Noite de Natal. Vento noroeste com intensidade de cinco a seis.

"Então não vamos chegar às nove horas", disse o marido.

"Não tem importância", falou o policial. "Não temos pressa. Temos?"

"Não." Tomou um gole de uísque: o policial tinha pago as duas rodadas no bar, que era decorado com muito cobre. "Um belo uísque escocês", dissera ele. "Single malte." Tinha um sabor esfumaçado, de turfa. O policial entendia do assunto, o marido raramente tomava bebidas fortes. Agora que estava ali, lembrou-se de uma travessia que fizera muito tempo antes com um amigo do ensino médio. Tinham bebido gim-tônica, porque viajavam para a Inglaterra. O amigo passou a noite inteira vomitando num banheiro compartilhado no corredor, enquanto ele próprio evitava a náusea esfregando seu osso do peito durante horas, deitado, imóvel, na cama estreita de uma cabine sem janelas, com dois estranhos no beliche ao lado. Naquela época, ainda não conhecia sua esposa. Agora ele a conhecia e agora bebia uísque, uma bebida para homens adultos, pensou, o que o pôs igualmente, ou até mais, no estado de espírito para a Inglaterra. Em sua mala, dezenas de metros abaixo, no bagageiro, estava um bolo-mármore feito por sua sogra. Era uma tradição: quando iam viajar, ela fazia um bolo-mármore para comerem no local de destino, não importando se era um camping ou um quarto de hotel. Como se essas fossem férias supernormais, como se ela nem tivesse notado que seu genro não iria viajar com sua filha, mas com o policial. Olhou para o homem na cadeira a seu lado. Ele acabara de tomar um gole de uísque, olhou para uma garota ruiva na qual o animador acabara de pôr um chapéu no palco, deixou o uísque escorrer em sua boca antes de engolir. Mesmo à paisana, ele parecia um policial. Talvez porque ele sabia como ficava de uniforme.

"Não estou gostando nada disso", disse ele.
"Não está ventando tanto assim", disse o agente.
"Não, não estou falando da travessia."
"Ah, entendo."
"É. Gostaria que essa fosse uma viagem normal."
"Faça de conta que é." O policial bebeu do seu uísque, parecia se sentir à vontade.

O marido olhou para o palquinho, onde agora aparecera também um palhaço. O salão cheirava a croquete. "Vou me deitar", disse ele.

"Está bem", disse o policial.

A cabine não era nem um pouco parecida com o cantinho apertado próximo da casa de máquinas que ele conhecia de mais de vinte anos atrás. Duas camas com uma gravura sobre cada uma delas e uma grande janela no meio, um corredorzinho com toalete, pia e guarda-roupa. O marido se sentou em uma das camas e enfiou uma agulha de tricô no vão entre o gesso e a perna. O policial se despiu e dobrou bem sua roupa antes de colocá-la sobre um sofazinho. Foi ao banheiro. A cabine rangia e sacudia, o navio parecia querer partir ao mesmo tempo que algo o retinha. O mar escuro, frio. Coçar com a agulha de tricô não aliviava muito. Ouviu o policial cuspindo, a torneira fora aberta, pouco depois ele abriu a porta do banheiro. O nome dele era Anton.

Horas mais tarde, o marido acordou. O navio estava a caminho, subia e descia. Em algum lugar lá embaixo, o alarme de um carro zunia, continuamente. Tensionava os músculos a cada movimento, para cima e para baixo, pra lá e pra cá, fazia contrapeso com o corpo, como se assim fosse salvar o navio de um desastre. Tinha sido aquele amigo do ensino médio que dissera ser possível evitar a náusea esfregando o osso do peito? A lâmpada no teto ainda estava acesa e, depois de ficar piscando, entrou numa espécie de modo de emergência. O policial dormia, respirava normalmente, uma mão sobre o peito nu. Havia uma espécie de completude nele, tudo era como deveria ser. Em sua forma de agir, em sua aparência. O cabelo curto, preto. O marido queria sair do navio, esperava que já estivesse quase amanhecendo e que não tardasse muito para chegarem a Hull. Mas havia a chance de que tivessem apenas saído de Roterdã. Não olhou seu celular, que estava na prateleira ao lado de sua cama, como relógio e despertador. Esfregou seu osso do peito, inspirou fundo e expirou. Incrível como se sentia solitário na cabine, com aquela luzinha fraca mas muito presente, uma pessoa dormindo ao seu lado, casacos no cabideiro que se afastavam e voltavam à parede num ritmo regular. Ele poderia sair, o bar deveria estar aberto, talvez o palhaço ainda nem tivesse saído do palco. Ficou imaginando a viagem de seu cartão-postal, provavelmente por via aérea. Estou chegando. E depois?, perguntou-se. Quando começou a clarear, não se via nada mais além de água cinzenta pela janela.

O barco chegou a Hull com um atraso de quatro horas. A manhã foi estranha, não era intenção que os passageiros ficassem tanto tempo no navio. A tripulação era pequena, não havia nenhuma diversão, a sala de jogos estava vazia. A embarcação não estava preparada para servir comida, zarpou às nove da noite, aportou às nove horas da manhã seguinte. O marido e o policial não conseguiram encontrar um lugar para tomar café da manhã. Por toda parte, havia pessoas com suas malas ou mochilas que não podiam fazer nada além de esperar.

Assim que o policial retirou seu carro sem problemas do barco dobrou à esquerda quase naturalmente, seu sistema de navegação foi lhe dizendo qual caminho seguir. A voz se chamava Bram. O policial tinha um tipo de carro que o marido havia visto circular por Amsterdã e que achava irritante. Grande e preto. Olhou ao redor. Estava tudo cinzento, Hull era medonha, do lado esquerdo só água, nenhuma colina à vista. Ele estava exausto e sua perna coçava terrivelmente, não tinha pensado em tirar a agulha de tricô da mala. Talvez até mesmo a tivesse esquecido no navio. "Obrigado, Bram, agora nós já sabemos", disse o policial depois que a voz, numa sequência de rotatórias, as devidas indicações.

"Podemos tomar um café em algum lugar?", perguntou o marido.

"Também quero um café", disse o agente. "E comer alguma coisa."

Pouco depois, viram a placa de um restaurante da cadeia *Little Chef*. O policial estacionou o carro e ajudou o marido a sair, entregando as muletas a ele. O marido o seguiu, ficou atrás dele num caixa eletrônico, no self service, pagou para os dois, foi se sentar com o policial a uma mesinha perto da janela e ficou observando como o agente comia um sanduíche de frango. Ele tinha escolhido um sanduíche de ovo com bacon e um café grande. Comeram e beberam em silêncio. Quando terminaram, uma funcionária de gorro vermelho pontudo retirou as canecas e os pratos vazios da mesa.

"Estão satisfeitos?, perguntou ela. O policial disse que seu sanduíche estava bom, o marido fez que sim com a cabeça e mastigou o último pedaço. "Tenham um feliz Natal", disse a funcionária, e foi limpar a mesa seguinte, fazer a mesma pergunta e desejar os mesmos votos de feliz Natal.

"Preciso ir ao banheiro", disse o marido.

"Está bem", respondeu o agente.

Estavam lado a lado em frente ao mictório, não havia mais ninguém. De uma caixa de som oculta, vinha música de Natal.

"Você poderia me chamar de Anton?", perguntou o policial.

"Claro", respondeu o marido. Uma das muletas que estavam encostadas na parede ao lado do mictório escorregou, ele fez um movimento para segurá-la e, para isso, soltou o pênis, o que fez com que o jato de urina fosse imediatamente interrompido.

O policial já tinha pego a muleta, com sua mão esquerda. Continuou fazendo xixi tranquilamente. "Anton", disse. "É o meu nome." Pôs a muleta encostada na parede, balançou seu pênis, enfiou na calça e fechou o zíper.

Quando o marido estava lavando as mãos, viu no espelho que tinha uma mancha úmida na calça.

Antes de entrarem no carro e cada um ficar de um lado, o policial olhou no relógio. "Já são quase três horas", falou.

"Nós... Não, são quase duas horas. Mas, mesmo assim, já terá escurecido quando chegarmos." A capota do carro chegava até o seu pescoço.
"É?", disse o marido. Ele queria entrar no carro, esticar a perna engessada, o que era possível se o assento fosse colocado bem para trás. Queria fechar os olhos, ouvir a voz de Bram, que indicava com precisão que, na próxima rotatória, eles deveriam seguir em frente, pegar a segunda saída à esquerda. Ele mesmo tinha uma Lucy no carro dele, uma voz com sotaque flamengo que sempre lhe mandava virar, o que naturalmente tinha a ver com seu próprio jeito de dirigir. Bram parecia mais convencido do que dizia.
"Será que não devemos ir para um hotel?"
"Sim", concordou o marido.
"Um dia a mais não vai fazer diferença alguma, não é?"
"Não", respondeu o marido.
"Tudo bem?", perguntou o agente.
"Não sei o que devo fazer quando chegarmos lá."
"E deveria saber? Você vai ver o que acontece."
"É", concordou o marido.
"Também podemos ir para o norte", falou o policial. "A Escócia não é tão longe."
"Não."
"Podemos adiar um pouco. Se você quiser", disse o policial.
"Não."
"Então, vamos. No caminho vemos onde parar."
O marido pôs uma mão na capota do carro. "Talvez fosse diferente se tivéssemos filhos."
"Claro que não. Filhos. Só dão trabalho."
"É o que você diz."
"Sim, é o que eu digo. Você não deve achar que uma coisa depende de outra." O policial abriu a porta e sentou-se atrás do volante.

Agora o marido podia ver bem o homenzinho branco com chapéu de cozinheiro sobre uma superfície vermelha. Atrás do logotipo, o céu estava totalmente cinzento, uma bandeira pendia de um mastro no teto baixo do restaurante. O policial já havia ligado o carro. Ele abriu a porta e se sentou, pôs a perna engessada numa boa posição e apoiou a outra perna ao lado. Olhou meio por cima do ombro do agente para suas mãos, que giravam o volante, deixavam-no desvirar e, em seguida, o seguravam de novo. Bram indicou que deveriam ir para a esquerda, de volta para a A63. As placas diziam Goole, Castleford e Leeds.

Algumas horas mais tarde, depois de Manchester, uma grande placa na estrada indicava o Holliday Inn Runcon. Estava escuro, e a estrada, muito movimentada. "Já deu por hoje", disse o agente. "Hora de comer e beber."

O marido olhou para as mãos no volante, uma aliança de prata no polegar direito. A luz dos faróis dianteiros roçou uma fileira de pinheiros atarracados na beirada do estacionamento.

Tente virar, disse Bram.

O policial riu.

57

De manhã cedo, ela ligou a televisão. Era possível ver o mapa do Reino Unido com uma previsão detalhada do tempo. Nublado em quase toda parte, exceto no norte de Gales, e depois que as nuvens foram postas em movimento, ficou claro que só na noite seguinte o tempo ficaria nublado também ali, a partir do oeste. A temperatura era amena para aquela época do ano, o homem do tempo lhe desejou um *Merry*

Green Christmas. Desligou a TV e foi para a cozinha preparar sanduíches. Colocou quatro bananas em sua mochila e duas garrafinhas d'água e os sanduíches na do rapaz. Olhou com certa hesitação para o maço de cigarro que estava no centro da mesa, mas acabou colocando-o na bolsa. Calçou as botas de caminhada e deu uma olhada perto da porta da frente para ver se o galho de amieiro ainda estava encostado ali. Não podia esquecê-lo. Ainda havia estrelas no céu, já desaparecendo. Pôs o gorro roxo. "Venha!", chamou ao pé da escada.

O jovem tinha ousado acariciar seus seios, ainda que ela o tivesse encorajado. Trêmula, deitara-se de costas. A respiração quente dele em seu pescoço, o calor do fogo na lareira, não sobre sua cabeça, mas na lateral de seu corpo, ele tinha virado um pouco o colchão, deve ter feito isso em algum momento durante o dia. Também virara o retrato de Dickinson de cara para baixo na mesa. Haviam passado o dia sem se encontrar, ele fora, ela indo e vindo do estábulo, ele de volta, ela em frente à TV, ele na cozinha, sempre fazendo comida para alimentar aquele corpo de cordeiro musculoso, o corpo de cordeiro que se deitara junto dela, ela na banheira de patas de leão com Native Herbs, a fim de se livrar do cheiro de velha. "Você a virou", disse ela, depois de ter se voltado de lado. "Sim", confirmou ele, seus lábios muito próximos dos dela, respirando gentilmente em sua boca. "Mulher assustadora." Ele pode sugar isso de mim, pensou ela. Talvez possa fazer desaparecer. "Não deveríamos…" tinha dito ele, seu corpo de cordeiro em cima dela, seus pulsos ao lado dos ombros dela, um tendão atravessando seu peito vibrou. Ela acariciara sua bunda, não houve resposta, olhou ao longo de seu peito até seu sexo ávido e o puxou lentamente para baixo. Proteção, pensou, é coisa para pessoas saudáveis. Era incrível quanto ele era quente.

Quente, jovem e vital. Como de costume, ela não teve escolha, não era possível olhá-lo em ambos os olhos, mas, mesmo assim, continuou olhando, pois esperava que ele também o fizesse, lentamente, que ela não precisaria dizer nada, que seu corpo de cordeiro sentiria o corpo dela, e realmente se somaria a ele. Tinha olhado bem em seus olhos, agora escuros, exatamente no instante em que o olho estrábico foi um pouco para o lado e ela pôde, brevemente, olhá-lo de forma direta, embora provavelmente nesse instante ele não visse mais nada. Ela suspirou bem fundo, ele não emitiu som algum. Quis se afastar dela quase imediatamente. "Não", disse ela e o puxou firme contra si, o peito úmido contra seus seios. Com os dedos de sua mão esquerda espalmados, ela finalmente tirou os cabelos da testa dele. O jovem a lambeu no pescoço. E não passou mal. Mais tarde, ele foi se deitar no divã, depois de ter posto os últimos pedaços de lenha na lareira. Fez isso sem nenhum ruído, nenhum ossinho naquele corpo musculoso tinha estalado. Ela se deitou de lado, olhando para o fogo. Sentia seu próprio cheiro e o do rapaz, o odor do começo, a combinação de meias adocicadas e mato. Ele havia roncado um pouco, era mais um ressonar suave. Naquele momento ela queria adormecer, de preferência ao mesmo tempo que ele, fazer ao menos uma coisa juntos. Em vez disso, o cheiro de velha surgiu novamente, vindo da cama, ou do chão, ou de seu próprio corpo. Chorou baixinho, e pensou que não deveria mais resistir, e por fim — enquanto o riacho murmurava ininterruptamente, e ela imaginava a casa, os gansos e as ovelhas, os amieiros e os arbustos, o reservatório d'água, o círculo de pedras e o canteiro de rosas, pequeno mundinho — adormeceu.

O jovem não havia sugado nada dela, não havia expulsado aquilo. Ela sentia seu próprio corpo, no qual havia muito pouca energia. O trem seguia devagar, grossas nuvens de fumaça — brancas e pretas — passavam pelas janelas. Um condutor com uma maquininha de bilhetes antiga diante de sua grande barriga veio perfurar as passagens deles e, um pouco mais tarde, um velho passou empurrando um carrinho de guloseimas pelo corredor. Voluntários. O jovem pediu um café e um pedaço de bolo de frutas. Ela pagou, porque viu que ele não fez nenhum movimento para pegar a carteira. Ele não estava diferente dos outros dias, no máximo um pouco excitado diante da perspectiva de escalar uma montanha. Estavam sentados em poltronas capitonê, e não, como ela imaginara, em bancos de madeira. Num vagão Pullman, primeira classe, marrom-avermelhado do lado de fora. Ela havia pagado as passagens. O jovem tinha dirigido o carro até Caernarfon. Estavam sentados um em frente ao outro, ela de frente, ele de costas. Bem perto da cabeça dela, balançava uma cortininha de cor creme. Lá fora, viam-se campos verdes e marrons, muretas de pedra em toda parte, árvores sem folhas com troncos acinzentados, as colinas do lado esquerdo do trem ficavam cada vez mais altas.

"Pouca neve", observou o rapaz, com a boca cheia de bolo, o rosto colado à janela. "Talvez no topo. Já, já temos que descer."

Ela não disse nada. Diria muito pouco naquele dia. Já não confiava inteiramente.

A estação de Rhyd Ddu era formada por uma única plataforma com uma sala de espera de madeira e alguns canteiros com pedras e plantas. Ela desembarcou e quase teve de conter a respiração, tão fresco era o ar. Fresco e pungente, e ela não tinha a menor ideia do que era o cheiro que sentia. Folhagens mortas? Pedras e rochas? Água? Ar puro? Mais um punhado de pessoas desembarcou do trem. Ela olhou para o alto de um morro ligeiramente íngreme. "Venha", chamou o jovem. Ela segurou firme o galho de amieiro e foi atrás dele. Através das pequenas janelinhas da guarita, que, juntas, formavam uma grande janela, o sol brilhou em seu rosto. Um vigia ergueu uma placa de sinalização, como um figurante ambicioso num filme. O trem foi sumindo aos poucos, deixando um rastro de fumaça preta.

Perto de um pequeno galpão que lembrava o velho estábulo de suínos, subia um largo caminho com uma berma bem no meio. O jovem seguia na frente, sem olhar para trás, e ela não queria já perguntar se ele não podia diminuir o ritmo. Concentrou-se no cajado e em sua respiração. Vez ou outra, olhava para a frente ou ao seu redor. Paisagem de ovelhas sem ovelhas, uma mureta de pedras em ruínas, divisões com grades, andarilhos. Quando olhou para trás, viu que ela e o rapaz eram os últimos. A trilha de trator serpenteava lentamente para o alto, ela inspirava e expirava uniformemente, ajustava o balanço do ramo de amieiro ao ritmo da respiração. Por que o rapaz nunca olhava para ela? Olhar, pensou ela. Cheirar, sentir. O sol brilhava.

"Espere!", gritou ela.

O jovem permaneceu parado até que ela estivesse bem atrás dele e, em seguida, continuou a caminhar. Ainda era bastante fácil, a subida não era tão íngreme. Bem ao longe, um bom tanto mais acima, talvez no topo, havia uma construção. O cume estava inteiramente branco.

"Está vendo aquela corcova lá, um pouco à direita?", perguntou o rapaz.

Olhou seguindo o braço que ele estendia. "Sim."

"É para lá que estamos indo agora. E ainda está vendo o cume à esquerda, que agora parece mais baixo que a corcova?"

"Sim."

"Aquele é o espinhaço pelo qual nós iremos até o topo."
"Quanto tempo ainda falta?"
"Parece mais longe do que realmente é."
"Ah."
"A montanha se chama Yr Wyddfa. Túmulo."

Ela olhou para os pés. A trilha, as pedrinhas, a relva baixa, achatada. Não sentia vertigem, mas a paisagem parecia se mexer, suas botas, a ponta do cajado formavam um ponto fixo. Naquele dia, depois de tomar dois comprimidos, a dor tinha ido embora. Surpreendentemente, ela na verdade tinha sentido pouca dor, era mais uma vaga mas constante sensação de declínio, um apequenamento de seu corpo, um jorrar de palavras que não estavam em sua cabeça. Talvez não estivesse sentindo dor porque tomava analgésicos praticamente o tempo todo. O jovem acabara de dizer algo totalmente incompreensível, ela entendeu do que ele falava porque visualizou a capa do mapa da *Ordnance Survey. Snowdon / Yr Wyddfa*. Não lhe importava o significado do nome. Na verdade, o rapaz na verdade já não estava ali, no que lhe dizia respeito, ele podia falar quanto quisesse, não ouviria dela mais que "Oh", "Sim" ou "Não". Talvez ele tivesse mesmo caído da montanha. Ela respirou fundo, o ar já não era mais pungente. A trilha, os calcanhares dele, a relva. Caminhar. Continuar. De repente surgiu um abismo, depois que fizeram uma curva à direita e passaram por um quebra-corpo novo em folha. Um vazio enorme do seu lado esquerdo, lá no fundo alguns laguinhos. Talvez eu caia da montanha, pensou. O gorro pinicava, as cordinhas balançavam pra lá e pra cá, incomodando. Tentava, com todas as suas forças, que este fosse um dia como outro qualquer, as cordinhas roxas se agitando ajudavam nisso, assim como a certeza do caminho. O sol, que dava aos pequenos lagos um brilho vermelho e azul. Vermelho e azul. Pareciam ínfimos dali de cima. Não muito maiores que um laguinho de hotel, digamos. Provavelmente eram mais profundos. Pensou nas bananas em sua bolsa, ou estavam na mochila de Bradwen? A água, de qualquer modo, estava com ele. Talvez o dia seguinte também fosse um dia como outro qualquer, disso ela não estava certa.

"Estou com sede", falou ela.

O rapaz parou e tirou a mochila. Pegou uma garrafa d'água e entregou a ela. Ela bebeu, a água escorria por seu queixo. Logo devolveu a garrafa. Ele também bebeu, mas só depois de ter colocado o polegar no gargalo e girado a garrafinha entre o polegar e o indicador. Não, ele não acabara de agir no trem como se nada tivesse acontecido. Ela passou a mão no queixo. "Avante", disse.

Será que o casal Evans também havia escalado esta montanha algum dia? Muito provavelmente. Ou será que aqui uma montanha era como o Museu Municipal para ela em Amsterdã? Tão perto e sempre ao alcance, de modo que nunca ia visitar. Imaginou o rapaz como o fazendeiro Evans, em sua juventude, num domingo bonito, e se viu como a recém-casada senhora Evans, que não dá nenhuma atenção ao abismo, aos laguinhos, pássaros pretos, só olha para as costas de seu marido, desejando filhos. "Hã", soltou. "A viúva Evans, afinal, tinha filhos?"

"Não", respondeu o jovem, que estava novamente uns dez metros à frente. Ele se virou por um instante e, em seguida, continuou andando. "De outra forma, estariam morando na sua casa agora. Ou a teriam vendido."

Subitamente, ela se sentiu cansada e viúva, e o cheiro de velha voltou a penetrar seu nariz. O jovem caminhava cada vez mais para longe dela. Seus ossos estalavam, seus calos alfinetavam, o vento soltou do coque uma mecha de seu cabelo fino e grisalho. Eu já sabia disso, não é?, pensou ela. Rhys Jones tinha dito. Rhys Jones, o pai dele. Por que ele sempre anda tão depressa e me deixa para trás? Olhou um pouco para a esquerda ao longo do espinhaço até o cume. Parecia ainda estar muito longe. Estava muito branco, a construção também poderia ter virado um enorme monte de neve. Nunca vou conseguir, pensou. No mesmo instante, uma de suas pernas já não se movia mais.

A tia dela, que, como uma torcedora fanática, encoraja o tio. Ela tem algo na mão, uma ferramenta. O tio que monta, serra, martela, enverniza, cada vez mais rápido. Gatos que fogem para baixo do sofá. "Nada de armário", diz ela. "Nada de armário." A tia dá uma risada, continua encorajando, grita para que o tio continue. Sua mãe também está ali. É assim que se faz! Tem que pôr a mão na massa! Um dos gatos, o mais velho, um gato malhado, escapa.

"Armário?"
Ela abriu os olhos. O rapaz está bem perto dela.
"O quê?"
"Você está falando de um armário."
"Não, não." Lentamente, ela se ergue. Luz do sol intensa, seus ombros tocaram algo. Os restos de uma mureta. Tomou impulso com os braços para se erguer mais e se recostou nas pedras ásperas, a mochila como uma desconfortável corcunda entre suas costas e a mureta. Estavam sempre subindo, pela primeira vez ela viu a altura, uma estação de trem de brinquedo, um lago enorme junto à ferrovia, outras montanhas, colinas, a luz do sol com uma névoa, a ilustração numa caixinha de remédio homeopático. Ela ofegava. O jovem se agachou ao lado dela e a puxou pelos ombros em sua direção. Depois ele soltou a mochila e pegou as bananas. Entregou

a ela uma banana e comeu ele mesmo outras duas. Pôs as cascas em sua própria mochila.

"Vou continuar", disse ele. "Antes que você perceba, já terei voltado."

"Gato", disse ela.

"O quê?"

"Gato." Eu posso, ela pensou, isso é o que eu quero dizer. Não *cat*, mas *I can*, e mais alguma coisa. Posso ir até o topo, desde que não andemos tão depressa. Algo assim.

"Fique sentada aqui", disse ele. "Sério, eu não demoro para voltar." Ele se virou e foi embora.

Olhou para ele enquanto caminhava. Ele subiu como um carneiro montanhês, atingiu o ponto no qual a relva passava a ser coberta pela neve. Ela se virou de novo para ver a vista e descascou a banana. Comeu depressa, atirou a casca por cima do ombro. Disse "Estou bem" a um casal de andarilhos que se mostrou preocupado. "Só apreciando a vista." Era melhor não ter dito esta última frase; o homem e a mulher se viraram e começaram a comentar a paisagem. Atrapalhavam sua visão, eram como moscas varejeiras irritantes.

"Que lindo gorro de tricô o seu", disse a mulher e então finalmente continuaram andando. Tirou a cartela de comprimidos do bolso externo da mochila e tomou um com alguns goles d'água. Inspirou profundamente, esfregou as pernas. Mexeu mais uma vez no bolso externo para pegar o maço de cigarro e uma caixinha de fósforos. Permaneceu sentada mais um pouco, com as mãos sobre as coxas. Riscou um fósforo. Ele ficou aceso, quase não tinha vento. Ela se preparou. Alcatrão e nicotina quase fluidos rascavam sua garganta. Só teve o tempo de jogar o cigarro o mais longe possível antes de se virar para o lado e vomitar a banana. Endireitou-se, respirou fundo mais uma vez, olhou para o fino véu de fumaça. Bebeu alguns goles d'água, tinha um gosto doce, cuspiu o último gole. Em seguida, levantou-se e começou a descer. Não olhou para o abismo, nem para a estação de brinquedo. Olhava diretamente para a frente, com a cabeça baixa. Para a trilha, as botas, o ramo de amieiro e as cordinhas roxas que valsavam ao lado de seu rosto.

Mais tarde, não sabia quão mais tarde, o jovem surgiu na plataforma. Estava encostada na parede da sala de espera, a porta estava fechada. Havia um casal de andarilhos um pouco mais adiante, eles olhavam de vez em quando para ela. Ficou contemplando por muito tempo uma construção junto à ferrovia: um contêiner vermelho sobre pés pretos, muito altos, com uma bica. Ela se ergueu. Quando o rapaz parou na sua frente — ele tinha as bochechas quentes e pairava ao seu redor o odor metálico do ar rarefeito da montanha, faltava apenas que, tal qual um cachorro alegre, pusesse a língua para fora —, ela perguntou: "O que você vê?"
Demorou um pouco até ele responder. "Uma mulher com um belo gorro roxo. Ela está cansada. Não conseguiu chegar ao topo, mas isso talvez não seja grave. É Natal, ela tem que voltar para casa. É preciso cozinhar e beber."

58

Bradwen virou o carro na entrada da propriedade, mas não seguiu em frente. Apontou para a caixa de correio. "Você olha de vez em quando?", perguntou ele.
"Não."
"Quer que eu olhe?"
"Não."
Seguiram com o carro.

Ela viu ovelhas pastando no terreno junto à estradinha.
"Pare", disse ela.
O rapaz freou.
"Quero, sim..."
"Quer que eu dê ré?"
"Não, eu vou andando." Ela abriu a porta, com muito esforço. Algumas ovelhas olharam, a maioria continuou comendo do pasto que era novo para elas. Abriu a tampa da caixa de correio. Havia bem pouca coisa lá dentro. Não mandavam folhetos de propaganda ali? Ou será que o carteiro sabia que a viúva Evans já não lia mais nada? Quando pegou alguns folhetos, um cartão-postal deslizou do meio, fazendo um barulho ao cair na base da caixa. Ela pôs os folhetos de volta e pegou o cartão. Tinha a imagem de um cachorro. Ela virou. Seu nome, o nome da propriedade, *Gwynned* estava escrito. Seria o nome do condado? Era possível ler o carimbo postal claramente. "*Estou chegando*" e o nome de seu marido. Virou o postal mais uma vez e olhou para o cachorro. Era um filhote, numa cesta de vime. Olhou em direção ao sul, para a montanha. É, dali ela parecia fácil.
"Tinha alguma coisa?", perguntou o rapaz.
"Não", disse ela. "Bobagem. Publicidade."

Retirei as ovelhas (não que isso lhe diga respeito). Williams and Goodwin Agentes Imobiliários e eu passaremos aqui no dia 1º de janeiro. Certifique-se de ter dinheiro em espécie para pagar pelos gansos perdidos. Grudado com um pedaço de chiclete no vidro da porta da frente.
"Ele sente, pelo cheiro, que nós não estamos aqui?", perguntou ela.
O jovem não respondeu, fungou.
Ela encostou o galho de amieiro na parede e entrou. O relógio da cozinha marcava quinze para as quatro. A árvore

de Natal estava acesa. Bradwen foi até a lareira, colocou alguns pedaços de lenha e começou a atiçar o fogo. Ela ficou na cozinha, olhando para as costas dele. O corpo musculoso de cordeiro parecia pronto para um salto. Teve de se conter para não remexer no aparador agora, à procura de coisas que poderia precisar. *First things first*, pensou.

"Você fez alguma coisa no sofá", disse o rapaz. "Parece que está maior."

Ela não falou nada.

Ele foi até a geladeira e pegou uma garrafa de vinho branco que já estava aberta. Não havia tirado seu casaco, ainda usava o gorro.

Agora, pensou ela. Mas como? "Espere um pouco", disse ela.

"Esperar o quê?"

"Venha comigo." Foi andando na frente dele em direção à porta.

"O que nós vamos fazer?"

"Venha." Ela cruzou o caminho de ardósia e seguiu na direção do velho estábulo. Ouviu que ele vinha logo atrás. O pasto dos gansos tinha um brilho alaranjado, a parede do estábulo do lado do jardim já estava um pouco escura. Abriu a porta e acendeu a luz. "Ali", disse ela, e apontou para os degraus de concreto.

"O que tem ali?"

"Vá ver. Lá atrás."

"Tem mais um presente de Natal para mim?"

"Não faça tantas perguntas. Veja." Ela deu um passo para o lado.

O jovem desceu os degraus, se abaixou e segurou com uma mão na beirada do alçapão. "Escuro", disse. Olhou para ela. Como um cão, pensou ela. Como Sam, quando recebe um comando no qual não confia inteiramente.

Ela virou a cabeça, procurando a ripa com a qual havia medido o retângulo no gramado, semanas atrás.

"Você logo se acostuma."

Ela viu o gorro azul dele desaparecer e agarrou a parte de cima do alçapão, que se fechou com um estrondo. Quicou algumas vezes. Subiu no alçapão e pegou a ripa, ajoelhou, passou a ripa por duas alças em ambos os lados do alçapão. Em seguida, preparou-se, esperou por batidas, gritos. Nada. O rapaz permaneceu quieto, talvez pensasse que ela estivesse brincando com ele. Ergueu-se com o maior cuidado possível, como se um ruído que ela fizesse fosse provocar um ruído dele. Deu um passo para trás, passando pela porta aberta do estábulo. Mais um passo. Estava fora. Durou pouco, ela pensou. Muito menos do que eu imaginava. Deixou a luz acesa, talvez servisse a ele, passando por entre rachaduras e frestas. Talvez ela apagasse mais tarde. Virou-se e voltou para a casa.

Serviu-se de uma taça de vinho, demorou a beber um gole. Tinha de ligar o rádio, mas não numa estação que estivesse tocando musiquinhas de Natal. Mexeu no dial até ouvir música clássica. Então, ajoelhou pela segunda vez e começou a tirar o que havia dentro do aparador. Pouco depois começou o grande ir e vir com um colchão, cobertas, sacos de lixo, uma lamparina antiga na qual era possível pôr uma vela, uma garrafa plástica com água. O carrinho de mão tinha sido uma boa aquisição, pôde levar até o colchão com ele, depois que conseguiu colocá-lo exatamente no meio da caçamba. Parecia escuro, mas o tempo que levou para chegar ao pasto dos gansos foi suficiente para notar que ainda havia alguma luz, embora o brilho alaranjado já tivesse sumido. Deixou tudo em ordem, em algum lugar atrás dela os gansos grasnavam agitados. Trabalhava obstinadamente, não pensava em mais nada. Quando terminou — pensara até num torquês para remover uma ripa e curvar a tela para fora, espalhar os sacos plásticos era mais trabalhoso do que o esperado —, tinha as mãos sujas, os joelhos encardidos, suava e ofegava muito. Tinha a impressão de que o carrinho de mão vazio a ajudava a se manter firme no curto caminho da cerca até a casa. A cerca havia ficado aberta por um tempo e, mesmo assim, aquelas aves idiotas não tinham fugido. Com esforço, foi até o estábulo e apagou a luz. Lá embaixo continuava tudo em silêncio. Deixou a porta do estábulo aberta.

Ainda tocava música clássica. Ela não entendia nada a respeito, não sabia o que escutava, mas, em sua opinião, música clássica tinha um valor mais atemporal que canções natalinas. Aumentou mais um pouco o volume. Nesse ínterim, já eram quinze para as oito. O mapa da Ordnance Survey estava sobre a mesa da cozinha. Snowdon / Yr Wyddfa. De vez em quando, ela olhava para as linhas pontilhadas verdes, apertava os olhos para que todas elas viessem juntas até a sua propriedade, talvez até o pasto dos gansos. O postal de seu marido estava em cima do mapa, com o lado escrito para o alto. Dickinson estava lá também, aberta, como se tivesse de estar ali. Na sala, a lareira pouco a pouco se apagava e, mesmo que ela quisesse pôr mais lenha, não seria possível: o estoque acabara. Ainda comeu mais duas bananas, que conseguiu manter no estômago. Era preciso fazer uma espécie de base, ela supunha. De vez em quando, ela se levantava, ia e vinha até a pia ou o aparador, onde havia uma lanterna, desenterrada de uma gaveta na qual ela também encontrara pilhas novas. Devagar, de meia em meia taça, esvaziou a garrafa de vinho branco. Chardonnay. Álcool, ela acreditava que fazia bem. Comprado pelo rapaz. Não sentia nenhuma vontade de ligar a TV. Às oito horas, subiu a escada.

A água estava quente demais. E pura. Nada de Native Herbs esta noite. Tinha aberto a janela do banheiro e, quando ela mesma não remexia demais a água da banheira, dava para ouvir a correnteza do riacho. Olhou para o dorso de seu pé. Tinha cicatrizado muito bem. Apesar da janela aberta, o espelho já estava embaçado. Aquilo a deixou contente. Ela tentou relaxar, mas continuou com os ouvidos atentos, aquele "Estou chegando" no cartão-postal causava preocupação. O "Certifique-se" de Rhys Jones era um imperativo, e não tinha nada em comum com Be its mattress straight. Fechou os olhos. Abelhas, trevos, rosas brancas, uma mulher que arruma a cama, que estende um lençol com gestos largos, um lençol que cai sobre um colchão reto, uma fronha fresca envolvendo um travesseiro de plumas de ganso. Ample make this bed. Abriu os olhos, fixou-os na luminária do teto. Subjuntivo. Era um subjuntivo. Assim como Dickinson não escreveu: make this bed ample, ela não escreveu: its mattress be straight, / its pillow be round. Aguente firme, mais um pouco. Não pense em nada, continue deitada, até que todo o seu corpo esteja quente e demore muito para esfriar. Tão quente que gostaria de sentir frio. Vinte minutos mais tarde, vestiu roupas limpas, calça, blusa, pulôver largo. Meias brancas. Desceu a escada. Na cozinha, a última meia taça de vinho branco. Uma folha de papel, uma hidrográfica marrom, com a qual tinha visto o jovem desenhar pequenos círculos. Era uma folha de papel que deveria ter sido usada para criar um esboço de projeto de jardim. Em alguns minutos, ela havia terminado, balançando a cabeça, verdade, porque não podia acreditar que tinha demorado tanto para enxergar algo tão óbvio. Eram quinze para as nove. Desligou o rádio da tomada e passou para o modo "bateria". Tinha perdido apenas alguns compassos da música. Deixou acesas a árvore de Natal e as lâmpadas na cozinha, sala, banheiro e escritório. Vestiu o gorro roxo. Não trancou a porta da frente com a chave.

Foi andando pelo caminho de cascalhos até o pasto dos gansos, o estreito feixe de luz da lanterna iluminava o trajeto. Nenhuma estrela, o céu realmente tinha nublado. Caía uma garoa bem fina. Subir a cerca exigiu muito dela, encostou-se por um instante nos sarrafos e procurou os gansos com o feixe de luz. As aves não se deixavam apanhar, claro que não. Pegou o rádio e foi até o abrigo. Tirou as botas de caminhada sobre o saco de lixo que estava em frente à entrada. Pôs o rádio dentro, com volume um pouco mais alto agora que ela estava ali. Lá fora, a música era encoberta pelo canto lamentoso de uma coruja. Ou de um milhafre. Riscou um fósforo e acendeu a vela na lamparina. Não sentia frio, a água quente da banheira lhe fizera bem. Tentava puxar para trás o pedaço curvado da tela de galinheiro, para mais perto da entrada do abrigo. Por fim, pegou o saco de lixo que estava fora e o dobrou. Tinha levado todo o estoque de comprimidos. Deviam ser pelo menos vinte, ela estimava. Seria melhor ter mais, mas talvez não. Sentada, foi engolindo os comprimidos, um a um, cada um com um gole d'água da garrafa plástica que já estava lá. Depois se deitou sob duas cobertas, inspirando e expirando profundamente. A luz da lanterna não piscava, o teto de seu abrigo estava todo iluminado por igual. Pensou na raposa, uma raposa, na verdade, que ela nunca tinha visto, no texugo e nos esquilos cinzentos. Todos hibernando. Isso também era uma espécie de hibernação. Luz suave, o murmúrio abafado do riacho e o golpe surdo de uma gota de chuva de vez em quando. Mesmo agora, depois de ter ficado tanto tempo imersa na banheira e vestido roupas limpas, sentia o cheiro da viúva Evans. Teve de sorrir. Não era grave, nem um pouco grave. Fechou os olhos e os abriu novamente quando sentiu uma pressão estranha em seus pés. Um dos gansos estava sobre o colchão, os outros três na beirada. Todos os quatro extremamente tranquilos, mas não dormindo. "Uma pena", ela pensou, "que agora não tenha nenhum pão comigo". O ganso que estava sobre o colchão abaixou a cabeça até repousá-la sobre sua perna. A sensação era a de uma amarra, um corda que a puxava. Eu me transformei num ganso, pensou. Fora daqui, pela extremidade dos escombros do telhado alcatroado. Para os campos, metendo os pés no ar, entre os galhos de árvores e fios de eletricidade. Que o ruído dourado do alvorecer jamais perturbe esse leito. Com um pouco de sorte, ir até o topo da montanha.

59

"Inacessível", disse o marido. "Esta é a palavra."
"Você também não é exatamente um livro aberto", comentou o policial.
Estavam tomando um café da manhã à inglesa, anunciado no bufê como *Boxing Day Breakfast*. O marido bebia uma taça de champanhe. Um champanhe rosado, ruim. "Fique feliz por estar dirigindo", disse ao agente. Eles comiam salsichas, tomates grelhados, bacon, feijão e ovo frito.
"Eu não sou um livro aberto?" perguntou o marido. "O que você quer dizer com isso?"
"Que é difícil receber informações de você."
"E eu recebo de você?", falou, afastando sua taça. "Anton."
O agente não tinha resposta para isso. Pôs um último pedaço de salsicha na boca e olhou para o relógio. Depois

do café da manhã, foram lá para cima e pegaram a bagagem. O marido pagou o hotel, bem mais caro do que esperava. Caía uma chuva muito fina. "Então somos ambos inacessíveis", disse o marido quando entraram no grande carro preto. Tinha a impressão de que estava andando melhor naquela manhã. Calculou o tempo e se deu conta de que já era quase hora de tirar o gesso.

"Você acha isso interessante, não é?", disse o policial.

"Sim."

O agente saiu do estacionamento cantando pneu, segurando firme no volante e trocando as marchas com rispidez. O marido ajeitou bem o pé engessado e olhou para fora. Quando arrotava, sentia subir o gosto ruim do champanhe. Não pensava no futuro. Era até mesmo difícil se lembrar do rosto de sua esposa. *Estou chegando.* Na verdade, só porque sabia que ela estava doente. De outra forma, provavelmente, teria se mantido a distância.

"Esse seu amigo", disse ele.

"Não", disse o policial.

"Não?"

"Não vamos falar disso. Estamos no exterior."

"Existe mesmo um amigo?"

Bram interrompeu os dois e disse que, na próxima rotatória, tinham de pegar a segunda saída. Seguir em frente. *Frodsham, Hapsford, Ellesmere Port.* Na rotatória, Bram continuou explicando como deveriam fazer.

O marido olhou para as mãos do policial, calmamente pousadas no volante. Os limpadores de para-brisa já não iam mais pra lá e pra cá, um pouco mais adiante surgiu um rasgão no céu encoberto. "O tempo vai melhorar", disse ele.

"É", falou o agente.

"Naturalmente, existe a chance de que ela não esteja mais lá."

"Vamos descobrir daqui a pouco."
"Boxing Day, o que significa, afinal?"
"Não sei."
Daqui a oitocentos metros, mantenha-se à direita, depois entre na autoestrada. O marido começou a se irritar com Bram, não tinha a mínima vontade de falar com ele interrompendo. Fechou os olhos e pensou em correr. Com um pé bom, não era difícil. Correr, respirar, suar, afastar a dor no braço cerrando os punhos. Ela nunca dizia nada, em todos aqueles anos, nunca havia perguntado a ele como era. Algumas vezes, soltava um suspiro, demonstrando desinteresse. Também nunca presenciava as corridas. Inacessível. Ele pensou em algo que sua sogra tinha dito. *Mesmo assim, é tudo culpa sua.* Por que ele, como o policial já dissera, também não era exatamente um livro aberto? Não tinha coceira, não sentia falta da agulha de tricô. Provavelmente um sinal de que as coisas iam bem sob o gesso.

Northop, Brynford, Rhuallt. Já fazia um tempo que Bram não dizia nada, talvez porque estivessem na A55 e devessem permanecer ali por um bom tempo. Agora o sol brilhava, e água da chuva evaporava nos campos e bosques. Era bonito ali, achou o marido. O celular começou a vibrar contra seu peito. Ele o pegou no bolso interno do casaco.
"Você já chegaram?" A sogra.
"Não."
"Como é possível?"
"O barco atrasou, tivemos que passar a noite num hotel."
"Mas agora já estão quase chegando?"
"Mais uma hora e meia, eu acho."
"Como está o tempo aí?"
"Bonito. Tem sol."
"Aqui está horrível. Nem um pouco agradável."

O marido olhou um pouco para o lado. O policial olhava para a frente, imperturbável. "Aqui está agradável, hoje de manhã tomei champanhe."

"O quê? Por que, minha nossa?"

"Hoje é Boxing Day."

"O que é isso?"

"Não sei. Segundo dia de Natal."

"O agente soube encontrar o caminho certo?"

"Ele conta com ajuda. De Bram."

"Bram?"

"Um desses sistemas de navegação."

"Ah." Houve um instante de silêncio. "Ele está usando uniforme?"

"Não, por quê? Ele não está trabalhando."

"Não, só pensei, porque não deixa de ser uma busca oficial."

"Com a qual a polícia não tem nada a ver."

"Isso também é verdade." Mais uma vez, fez-se silêncio em Amsterdã. "Seu sogro quer saber se passaram um filme no barco."

"Não que eu saiba. Mas o barco era bem grande. Vimos um palhaço, num palquinho."

"Olhe, quando chegar lá, pode dizer a ela que nós…"

"Sim?"

Houve uma rápida consulta. "Bem, que nós a amamos. E que queremos que ela volte para casa. Não para a nossa casa, claro, mas com você."

"Comigo? Mas não era tudo culpa minha?"

"Não, segundo o seu sogro, não é assim. Conversamos melhor sobre a esse respeito."

"Ah."

"Nós a amamos, o pai dela também. Você tem que dizer isso a ela. Pode fazer isso?"

"Claro que sim. Quando chegarmos lá, também posso dar meu telefone a ela, daí você mesma pode dizer."

"Não, faça isso você. E depois nós ligamos. Ou não, você tem que ligar, porque nós naturalmente não sabemos a que horas você vai chegar lá. Que horas são aí agora?"

"Uma hora mais cedo do que para vocês."

"Ah, não, melhor que não seja bem na hora do almoço."

O marido balançou a cabeça.

"Também pode dizer a ela que não há motivo para simplesmente desaparecer assim. Que ela tem que pensar na sua velha mãe e no seu pai. E que nós a perdoamos."

"Vocês a perdoaram de quê?"

"Bem, daquilo com o... Todo mundo já fez alguma coisa de que depois se arrependeu." O sogro disse alguma coisa ao fundo. "'A carne é fraca', diz o seu sogro." Ela começou a chorar.

O marido tirou o celular do ouvido. "Minha sogra está na linha", disse ao policial. "Ela diz que a carne é fraca."

O agente olhou brevemente para o lado. "Isso, não se pode negar", comentou.

"Mais uma coisa", agora ouvia a voz do sogro. Colocou o celular de novo no ouvido. "Você deve dizer a ela que nós queremos muito festejar o Ano Novo juntos, com todos."

"Eu farei isso. Vocês vêm para cá ou você quer dizer em Amsterdã?"

"Aqui, claro! O que nós vamos fazer aí? Sua sogra não vai entrar num barco daqueles."

"Vocês podem vir de avião."

"Por dinheiro nenhum. Não em nossa casa. Na antiga casa dela. Vai ser bom para ela. Temos que cuidar bem dela."

"Sim."

"Vocês marcaram a viagem de volta, não? Quando vocês pegam o barco de novo?"

"Não, não marcamos o retorno. Podemos voltar quando quisermos. Além do mais, estaremos com dois carros."

"Sabe o quê? Diga a ela que seu tio e sua tia também virão." Sua sogra disse alguma coisa. "O quê? Espere um pouquinho... Não, claro que ele vai achar ótimo, ele se preocupa com ela... Por quê?... Tenho certeza que ele não vai agir de modo estranho... Desculpe, sua sogra estava falando comigo. Vou tratar disso imediatamente. Tenho certeza que de eles também vão gostar."

"Direi tudo a ela."

Mais uma vez houve uma consulta incompreensível. "O quê? Espere um pouco. Sua sogra está perguntando se o bolo-mármore estava bom."

"Ele ainda está na mala. Logo veremos."

"Você liga assim que chegar lá?"

"Sim, prometo."

"Continuem bem a viagem."

O marido pôs o celular de volta no bolso do casaco. Sua orelha havia esquentado. "Você não tem que telefonar?", perguntou ao agente "Só para avisar que está tudo bem?"

"Não é necessário", disse o policial.

Agora, a A55 seguia pela costa. Colwin Bay, Llandudno, Conwy. Eles foram ultrapassados por um trem que parecia ir pela praia.

"Mais uma horinha", disse o agente.

"É bonito aqui", disse o marido. "Eu fico me perguntando o que ela fez esse tempo todo."

"Talvez ela esteja vivendo com um fazendeiro galês."

O marido deu uma risada. Passaram por uma cidadezinha em que o trem estava parado na estação. Bem ao longe, via-se terra firme, o marido se perguntou se seria a Irlanda. Pouco mais tarde, o trem ultrapassou de novo o carro. "Ela é uma garota urbana. Não sabe distinguir um pardal de um melro."

"E precisa? Dá para morar no campo sem qualquer conhecimento a esse respeito, não dá?"

"É muito solitário."

"Junto com você, numa casa, na cidade, não era solitário?"

"O que você quer dizer com isso?"

O agente tirou uma mão do volante e a pôs na perna do marido.

Ele a deixou ficar ali porque o agente era o motorista.

Vire à esquerda. Em oitocentos metros, vire à esquerda e siga a estrada. Depois de um longo silêncio, Bram voltou a falar. As placas indicavam Caernarfon a nove milhas. Na rotatória, terceira entrada à direita. "Agora Bram vai ficar bem ocupado", disse o policial.

"Ele pode indicar o caminho pelo nome de uma propriedade?", perguntou o marido. E esfregou a mão no joelho esquerdo.

"Não."

"Como vamos chegar lá, então?"

O agente tirou um mapa do pequeno nicho na sua porta e deu ao marido. "O que você faria sem mim, hein", disse ele.

O marido olhou o mapa. *Sowdon / Yr Wyddfa, Explorer Map*. Um alpinista de jaqueta em um tom vermelho-forte sobre uma rocha, com o cume nevado de uma montanha ao fundo.

"Circulei a propriedade", falou o policial. "E marquei o caminho para lá em amarelo."

O marido tentava desdobrar o mapa, o que era impraticável, porque era grande demais. Muito grande e muito detalhado. Além disso, fazia muito barulho. Pôs o mapa no colo. À direita, a terra do outro lado da água estava um pouco mais perto. Não podia ser a Irlanda. *Pegue esta saída. Mantenha-se à esquerda. Mais adiante, segunda saída à esquerda.* Passaram pela cidadezinha de Caernarfon. As lojas estavam abertas, as ruas estavam bem movimentadas, o marido viu uma placa grande onde estava escrito *Sale!* Ele achava que tinha visto uma espécie de palmeira no meio da pequena rotatória. *Dobre à esquerda, em seguida, segunda saída à esquerda.* O marido ficou quieto, não aguentava Bram. Será que Boxing Day é um domingo de festa em que as lojas fazem liquidação?

Quinze minutos depois, estavam parados num trevo. Destino alcançado, disse Bram, e — pouco antes que o agente desligasse o carro — Tente dar a volta. "Não, Bram", disse o policial. "Cale a boca!." Em seguida, ele pegou o mapa de volta com o marido. Agora ele estava na frente do carro, o mapa estava aberto sobre o capô. A porta aberta. Cheirava como um dia de março pode cheirar em Amsterdã, quando o vento vem de determinada direção, vento campestre de primavera. O policial se virou e olhou para uma estradinha pequena e funda que subia; no meio dela, tufos de capim nasciam do asfalto. No campo ao longo da estradinha, havia uma inacreditável quantidade de ovelhas. Estava úmido. O reloginho no painel do carro marcava quinze para a uma, do que o marido reduziu uma hora. Ele estava estranhamente nervoso. Segundo dia de Natal em Gales, talvez visse sua esposa novamente dali a quinze minutos.

60

Ele continuava imaginando o topo da montanha. Como tinha estado ali, a respiração visível, o *Horseshoe*, o mar da Irlanda, os lagos, a inclinação gradual em direção a Llanberis, como se a montanha soubesse que ali, algum dia, seria construída uma estrada de ferro. Uma camada de neve. É sempre uma pena o fato de alguém nunca estar sozinho num lugar assim. A nova estação no cume, *Hafod Eryri*, estava fechada, placas de hardboard protegiam as amplas janelas, o vento havia formado uma duna de neve contra a parte posterior. Não estava muito cheio, mas as pessoas que se encontravam ali estavam quase todas falando num celular, contando que haviam chegado ao topo. Quando ele chegou correndo ao lugar onde a deixara e não a encontrou, olhou na beirada do abismo, despenhadeiro abaixo, antes de continuar correndo.

Mas agora ele está preso no porão de um velho estábulo de porcos. Sem celular. Se caso quisesse dizer a alguém que está embaixo da terra, nem poderia. Ficar em pé é impossível. Ela colocou almofadas no chão, tapete, cobertas. Só depois que ela apagou a luz, ele acendeu a vela, com um fósforo de uma caixinha que estava ao lado da garrafa. Uma vela, não as duas. Foram colocadas no gargalo de duas garrafas de vinho. Também não pode ficar muito escuro, há lâmpadas acesas na casa, feixes de luz caem no gramado, ele pode vê-los pela janela longa e estreita. Num engradado de plástico, há pão e pacotes de biscoito, manteiga, algumas bananas, uma faca, carne de cordeiro fria, cortada, um pedaço de queijo. Três garrafas de vinho tinto com tampa de enroscar, uma de vinho branco, sete garrafas d'água, batata chips. Um copo e um prato. Ele nem procurou por um segundo presente de Natal. Tinha a impressão de ter escutado que ela transportava algo com o carrinho de mão, passos no cascalho, a última coisa que ouviu foi música clássica, o volume do rádio devia estar bem alto, a porta da frente ou a janela da cozinha aberta, fechada um pouco mais tarde. Ou o rádio fora desligado. Ele não compreende, mas, mesmo assim, não está realmente surpreso. Empurra o alçapão com força, sente a poeira cair em sua cabeça. Prageja baixinho. "Sguthan", diz sem sentir raiva, e "Iesu grist". Come e bebe, mas não muito. Isso pode muito bem durar uma semana. E não tem como fazer nada para evitar que, no final, seja seu pai a libertá-lo. Tira as botas e o casaco e finalmente puxa o gorro da cabeça. Deita-se vestido sobre as almofadas e puxa as cobertas sobre si. Assopra a vela. Não sente frio. Ainda há luzes acesas na casa. Ele se vê no topo do Yr Wyddfa, respira o ar cortante, estreita os olhos para protegê-los do sol de neve.

Pássaros cantam na manhã seguinte. Sem poder ver nada — bem: vigas e tábuas —, poderia pensar que é primavera. Durante a noite, o frio do chão foi subindo. Ele se senta, come um pedaço de pão com queijo, bebe um pouco d'água. E espera. Talvez eu a tenha engravidado, pensa. Levanta-se para olhar pela janela estreita, a grama está úmida, e quando mais tarde olha de novo pela janela, vê que o sol se moveu um pouco. Só agora ele percebe que ela pôs as três plantinhas floridas que ficavam na cozinha na beirada da janela do porão. Quando enfiou o dedo em um dos vasos, sentiu que a terra estava úmida.

Ele ainda não sabe por que ficou parado no gramado, como um cervo preso pela luz dos faróis de um carro — os faróis de um carro preto com um reboque que estava ao lado da casa — quando poderia facilmente ter ido embora, saltado de novo por cima da mureta. O cachorro se encostara em suas pernas tremendo, de tanto que queria ver seu dono. Ela enviara um sinal a ele, incompreensível, mas ainda assim, um sinal. Talvez por isso.

Antigamente ele podia ficar em pé ali, tinha de se esforçar para poder olhar pela janelinha. Para sua mãe e a viúva Evans, que se sentavam em cadeiras esquisitas junto ao riacho, à sombra dos amieiros. Naquele porão era sempre fresco, ele não entendia por que elas ficavam lá fora. Numa mesinha manca, alguns copos de limonada feita em casa com cubos de gelo. Na ponta dos pés, olhando as mulheres, ouvindo a voz de sua mãe, que às vezes chamava "Bradwen!", e então a voz da viúva Evans: "Você sabe onde ele está, deixe-o à vontade". E sempre a interrupção, quando seu pai ia até as cadeiras e a mesinha, pronto com as ovelhas, pronto para ir para casa, o suor em sua testa e em seu nariz.

Os pássaros emudeceram, talvez se tenham dado conta de que é Boxing Day, pleno inverno de qualquer forma, e não um belo dia em maio. Ele começa a andar pra lá e pra cá, curvado, no porão com pavimento verde, empurra mais uma vez o alçapão, que naturalmente ainda não cede. Cai poeira nos degraus de concreto. Ele imagina uma criança pequena, num balanço e com uma bola relutante diante das perninhas curtas. Depois de um tempo, sente dor nas costas e se deita nas almofadas. Não sente mais frio. Quem dera Sam estivesse ali, embora o cão sempre conservasse alguma distância, desconfiado — não era incondicionalmente o seu cachorro. Desabotoou a calça e puxou uma coberta sobre si.

Horas mais tarde, no momento em que comia um pedaço da carne fria de cordeiro, escutou um carro. Não saindo, mas chegando. Manteve-se quieto, parou um instante de mastigar. Preferia ficar num porão a encontrar seu pai agora. Certifique-se de ter dinheiro em espécie para pagar pelos gansos perdidos. Como se a mulher fosse a raposa que havia devorado os gansos. As portas do carro são abertas e fechadas, o som é abafado e distante, o carro não foi estacionado perto da casa. Duas vozes masculinas. Eles não vinham só no dia 1º de janeiro? Passos no cascalho. Não falavam galês. Parece a língua dela, ele reconhece o som duro do g, as vogais estranhas. Olha ao redor. Mais uma vez. As plantinhas floridas, a carne fria, os dois castiçais de garrafas de vinho. Calça as botas e põe o gorro. Em seguida come mais um pedaço de cordeiro com uma fatia de pão, bebe um copo de vinho tinto, como acompanhamento. Quando termina de comer, começa a bater no alçapão.

"Quem é você?", pergunta um dos homens. Um homem de cabelos pretos, curtos.

"Bradwen", responde ele. "Sou Bradwen Jones."

"Onde está Agnes?" É o outro homem quem pergunta, ele tem uma perna engessada e se apoia em muletas.

"Quem?"

"Agnes. De Amsterdã."

"Aqui não mora nenhuma Agnes. Quem são vocês?"

Os homens ficam parados na abertura do alçapão, nenhum dos dois responde. O rapaz está nos degraus de concreto. A luz forte do sol incide em seus olhos por entre as pernas deles, ele coloca a mão na testa.

"Nenhuma Agnes?", pergunta o homem de perna engessada.

"Não."

"O que você está fazendo aí?" Pergunta o outro homem, o homem com cabelo parecido com o seu, só que mais curto.

"Ela me trancou aqui. Emily."

"Emily?"

"É."

"Quando?"

"Ontem à tarde."

"Onde ela está?"

"Isso, eu não sei. Ela não está na casa?"

"Não. Por que ela trancou você?"

O homem de perna engessada começa a falar em holandês com o outro. Gesticula, menciona novamente o nome "Agnes". O homem de cabelo preto continua a olhar para o jovem, mesmo quando diz alguma coisa ao outro homem. Ele tem a ripa de madeira na mão. Os dois homens finalmente saem da abertura do alçapão. "Venha", diz o homem com a ripa. O rapaz sai do porão. O homem encosta a ripa na parede e desce os degraus de concreto; o jovem sente seu cheiro quando ele passa perto, um pós-barba fresco e intenso. O homem de perna engessada vai mancando com as muletas em direção a casa. O jovem espera que o homem saia do porão e vai andando na dianteira até a porta da frente, que está escancarada. Olha para as roseiras em arco. Aquela rosa branca, que, alguns dias antes, não era mais que um botão, ainda é um botão, talvez nunca se abra.

Na cozinha, os dois homens continuam conversando normalmente em holandês, como se tivessem se esquecido dele. Ou como se ele não importasse. O homem de perna engessada segura o livro *Poesias completas*, de Emily Dickinson, em suas mãos. De um monte de sons incompreensíveis, o jovem entende os nomes "Emily" e "Agnes" e uma vez "*ach*". Ele está encostado no fogão, como se ali fosse o seu lugar. É bom sentir o calor depois daquela temporada no porão. O homem continua falando, põe por um instante a mão sobre uma folha de papel que está em cima do mapa desdobrado. Ao lado do papel, a hidrográfica marrom, uma das canetas com que o projeto do jardim deveria ser desenhado. A bagagem dos homens estava junto ao aparador. O rádio tinha sumido, o espaço vazio chamava a atenção. A árvore de

Natal estava acesa. Agora o homem pega um cartão-postal e o dá ao homem de cabelo preto. O rapaz sorri. Bobagem, ele pensa. Publicidade. "Café?", pergunta ele, principalmente porque ele mesmo está com vontade.

"Quando foi que este cartão chegou?", pergunta o homem de cabelo preto.

O jovem abre uma chapa do fogão e enche o bule com água e café. "Ontem."

"Entregam correspondência aqui no dia de Natal?"

"Talvez já estivesse na caixa de correio. Eu não vi esse cartão antes."

"Quem é você?"

Parece um interrogatório. "Bradwen Jones." Era boa a sensação de dizer seu próprio nome, principalmente porque ele compreendia muito bem que o homem queria saber outra coisa. O bule agora está sobre a chapa, a mais quente. O jovem olha pela janela, para o carvalho caído. Também percebe que tem alguma coisa errada com a trilha de cascalhos que cruza o gramado. Não tem um objetivo, um destino. Teria de haver alguma coisa ali. Ele se vira. O homem de perna engessada observa o postal, o outro olha para ele. "Você é da polícia?", pergunta ele.

"Sim." E depois de uma breve pausa. "Você é um rapaz astuto."

"Como você se chama?"

"Anton."

"E ele?" O jovem aponta para o homem de perna engessada.

"Ele é o marido de Agnes. Rutger."

"Onde ela está?", pergunta o marido de Agnes. Rutger. Ele fala olhando para o postal.

O café começa a ferver. O jovem tira o bule da chapa e pega três xícaras.

"Que bilhete é aquele na porta da frente?", indaga o policial.

"Do meu pai." O jovem não sabe dizer nada além disso, não tem ideia do motivo pelo qual seu pai virá com um corretor imobiliário no dia 1º de janeiro.

"Gansos?", pergunta o agente.

"Há gansos na propriedade, no terreno ao longo da estradinha da entrada. De vez em quando, um é pego por uma raposa." Ele põe duas xícaras de café sobre a mesa, pega leite na geladeira e o açucareiro no armário da pia. O marido de Agnes ergue o olhar, parece que lhe veio algo em mente. Ele se levanta e tira um objeto retangular de sua mala, embrulhado em papel alumínio. Põe sobre a mesa, mas não o desembrulha. O policial olha para o jovem. O jovem retribui o olhar, é consciente de seu olho estrábico.

Mais tarde toma um banho de banheira. A janela está aberta, a água está quente e cheira a Native Herbs. Ele mandou os holandeses para o círculo de pedras. Disse que ela gostava de ficar lá. E, se não estiver lá, ele disse, há também o reservatório d'água, um pouco mais adiante. Ela não pode estar longe, o carro está estacionado atrás do velho estábulo. Não falou nada sobre texugos, e não, não iria com eles, não era difícil encontrar, bastava seguir a trilha. O policial pediu que ele não fosse embora, como se ele fosse suspeito num caso de desaparecimento. Ele teve de rir um pouco disso, o que fez o agente também sorrir. Eram lentos, ele viu pela janela da cozinha, embora o homem de perna engessada andasse mais depressa do que ele tinha imaginado. Rutger e Anton. Ele olha para o seu sexo, que flutua na água quente e parece maior do que é. Grávida, ele pensa. Esse pensamento não o deixa, ainda mais agora que ele sabe que existe um marido. E ela queria, não quis usar nada. Onde foi parar o rádio? Ele fecha os olhos e escuta o murmúrio do riacho. Avalia a situação. Ele poderia ficar, o policial, Anton, não acharia nem um pouco ruim. Abre os olhos e sai da banheira. Enquanto se enxuga, respira fundo. Emily disse que sentia o cheiro da viúva Evans. Ele sente seu próprio cheiro, e cheira bem. Quando, um pouco mais tarde, ele abre a porta do escritório para pegar roupas limpas em sua mochila, repara que o colchão sumiu.

O rapaz está no canto da casa. Uns cinquenta metros mais adiante, está o carro grande e preto em que os dois homens vieram. O sol ainda brilha. Um pouco antes, pela janela do corredor, tinha visto o mar reluzindo. À sua frente está o pasto dos gansos. Está vazio. Ele começa a andar pela estradinha, mantendo-se na beirada do pasto. Pouco depois de passar pelo carro preto, vira a cabeça porque tem a impressão de ouvir instrumentos de sopro no murmúrio do riacho. Trompetes. O capim no pasto dos gansos está muito baixo, as aves comeram tudo até o talo. O jovem pula a cerca e anda devagar, cada vez mais devagar, em direção ao abrigo dos gansos. Os trompetes não estavam no riacho, mas no abrigo. Meio ano antes, o sol também brilhava, estava muito mais quente então, os carvalhos estavam verdes, os arbustos no pasto das ovelhas, amarelos, o capim crescia tanto que os gansos não davam conta de comer. Ele se ajoelha. As ripas e a grade fazem com que ele tenha uma imagem distorcida. Ele vê um pedaço do colchão, a música não está alta demais, mas se ouve claramente. Agora ele vê que o chão sob o colchão está forrado com sacos de lixo, os quatro gansos sentados em torno da mulher começam a grasnar baixinho ao percebê-lo. Um ganso parece repousar nas pernas dela e começa até a chiar, como se estivesse de guarda. Ele também vê algo roxo; ela havia posto seu gorro. Já chega.

Ele se levanta. *Uma mulher com um belo gorro roxo. Ela está cansada. Não conseguiu chegar ao topo, mas isso talvez não seja grave. É Natal, ela tem que voltar para casa. É preciso cozinhar e beber.* Relembra palavra por palavra. Aconteceu ainda ontem. *O que você vê?*, essa foi a simples pergunta, embora ela tivesse desviado o olhar, continuando a olhar rija e um pouco tímida para a caixa d'água. Ela estava indescritivelmente bela. Nunca a tinha visto daquele jeito. Excepcionalmente bonita; como uma árvore ou arbusto que no ano antes de morrer produz tantas flores quanto possível. Mas isso era mais uma coisa que ele não tinha dito a ela. Emily.

Antes de passar sobre a cerca, ele se vira. Examina o pasto dos gansos e o terreno das ovelhas sem ovelhas. Pensa em três mulheres mortas, duas das quais ali, uma em sua cama na casa de Llanberis. Pouco antes de morrer, ela ainda disse uma última coisa. Ele mal conseguiu escutar, de tanto que a beleza de sua mãe o distraía naquele momento. "Vá", dissera ela. "Se quiser, ou tiver que ir, vá." Em seguida, ela fechou os olhos. Ele olha para o céu, que está azul. Vê os postes de madeira com os fios de eletricidade, arbustos de tojo, carvalhos, alguns corvos, uma bacia cor de laranja quebrada na relva, uma cerca de arame farpado. E naturalmente o abrigo, de onde continuava vindo música. Sombras amplas, até perto da bacia alaranjada, muito mais que no verão passado. Era mais ou menos isso, à exceção de uma única nuvem, bem ao longe. Música bem suave, e o murmurar do riacho. Ele sorri. Ela não havia imaginado desta forma, pensa. Que o ruído dourado do alvorecer jamais perturbe esse leito.

O rapaz arruma sua mochila. Foi rápido, não havia tirado todas as roupas de dentro nenhuma vez. Antes de deixar o escritório, examina a pilha de livros sobre a mesinha. Coloca

O vento nos salgueiros no compartimento superior da mochila, porque na capa estão uma toupeira, um sapo e um rato. Na cozinha, olha pela janela. Nenhum sinal do marido e do policial. Senta-se à mesa e olha a folha de papel. A letra dela. Ilegível, holandês. Consegue ler uma palavra: "bed". No cartão-postal, um texto igualmente incompreensível, duas palavras. Vê o nome dela pela primeira vez, realmente está escrito "Agnes". O nome "Rutger" também está no postal. Ele tira o papel alumínio do objeto retangular. Aparece uma espécie de bolo, com manchas em um tom marrom--escuros. Ele pega uma faca e corta uma fatia. O gosto é delicioso, ele corta uma segunda fatia. Quando termina de comê-la, envolve o bolo com o papel alumínio novamente. Ele se levanta. Olha a árvore de Natal e pensa: uma árvore perdida. Da árvore, ele olha para as malas dos dois homens, que estão perto do aparador. Hesita por um instante. Pega quarenta libras de cada carteira, embora contenham muito mais. Põe a carteira de Rutger na mala de Anton e a de Anton na mala de Rutger. Sai da casa com uma sacola plástica na mão e a mochila no ombro. Muda de ideia, deixa a mochila encostada na parede, põe a sacola plástica em cima e entra de novo na casa. Calmamente, começa a desmontar a árvore de Natal, põe as bolas e os festões e, por fim, as luzinhas numa gaveta do aparador. Ao terminar, tira a árvore do cascalho e sacode bem o torrão de terra. Vai com a árvore para fora, pelo caminho que corta o gramado. Pega uma pá no estábulo e cava um buraco no fim da nova trilha. Coloca o abeto no buraco e bate a terra com os pés, em seguida põe a pá de volta no estábulo. Então pega a sacola plástica de cima de sua mochila e vai mais uma vez ao porão. Coloca pão, carne de cordeiro e bananas na sacola, pega uma garrafa d'água e sobe a escada de concreto. Coloca a sacola sobre suas roupas e fecha a aba no alto da mochila. Solta uma tira do lado e deixa a garrafa de um litro e meio de água deslizar até chegar ao fundo do bolso lateral, em seguida aperta e a tira de novo, cuidadosamente. Ergue a mochila nas costas, fecha bem a porta da frente e segue para o quebra-corpo no círculo de pedras.

Atravessa o riacho. Ainda não sabe se vai se manter na trilha ou se caminhará paralelo a ela, atrás de uma mata densa. Sabe que tem de retornar um dia inteiro de caminhada. Simplesmente andara na direção errada. *Às vezes o trabalho de um dia inteiro não dá em nada, porque não leva a lugar algum*, tinha de fato dito a ela, semanas antes. A trilha de longa distância tem de passar por Llanberis e subir a montanha, isso dá aos andarilhos uma escolha: ir a pé ou de trem. E a partir do topo do Yr Wyddfa descer para Rhyd Ddu — com a advertência de que a caminhada pelo espinhaço é perigosa — e então, lentamente, em direção à costa. Aberystwyth seria um belo ponto-final, lá há uma estação de trem. Em duas horas, é possível chegar a Shrewsbury. Como não tinha pensado nisso antes? Este aqui é o lado errado da montanha.

Olha para o sudoeste. Ainda tem algumas horas de luz. Quando escuta vozes ao longe, ele hesita por um instante, abre caminho pela mata e se agacha atrás de uma árvore. Alguém certa vez lhe contou que unhas e cabelos continuam crescendo depois que uma pessoa morre. Por quanto tempo, perguntou-se, um ser em formação continua a receber sangue e alimento? Espreme os olhos. Não quer se sentar, não fazer nada. Quer caminhar, manter-se em movimento. Então dá um suspiro e olha para o campo diante dele, cercado por uma barreira de árvores compactas. Quando menino, se o vento fosse bom, mesmo estando sentado ali, conseguia escutar as vozes de sua mãe e da viúva Evans. Nunca ia mais longe que o alcance das vozes. Dali a dez ou vinte

221

anos, pouca coisa terá mudado ali. Só sai de trás do velho azevinho quando já não escuta mais os homens. Começa a assoviar baixinho.

61

Faça ampla essa cama.
Faça-a com reverência;
E nela espere pelo juízo final
Glorioso e puro.

Seja liso o seu colchão,
Seja roliço o travesseiro;
Que o ruído dourado do alvorecer
Jamais perturbe esse leito.

Este livro foi composto pela Rádio Londres em
Garamond e impresso pela Stamppa em ofsete
sobre papel Pólen Soft 80g/m².